日本近代文學選 II

林榮一 編註

鴻儒堂出版社發行

前　言

日本近代文學，即日本新文學初露端倪是在明治十八年「坪內逍遙」發表了『小說神髓』之後。「坪內逍遙」主張文學獨立，不可當做勸善懲惡的工具或手段。又主張，小說的主腦在於人情，其次是世態風俗，所以提倡寫實主義的創作方法，起了啓蒙的作用。在此同時，日本文學界掀起了學習西歐文學的高潮，特別是以現實主義主張的「二葉亭四迷」的『浮雲』爲代表，所以被公認爲是日本寫實主義的奠基之作，不過由於當時的條件所限，其價値並沒有被發覺，也未形成一股潮流。

近代文學，成爲日本文學的主流是在十九世紀末年，縱觀日本近代文學的發展，流派名目雖然繁多，但總的來說大致可分爲兩大派，一是傾向於「二葉亭四迷」開創的寫實主義作家，一是傾向於以「森鷗外」爲代表的浪漫主義的作家，還有一些作家是兩種傾向兼有之。而每個「主義」又分爲無數流派，在本選集裏收集的作品，都是各個流派代表作家的代表作品，爲日本一般學校的必讀文選，所以是稍具有日文基礎者的最佳閱讀材料。

本書爲了忠於原文，爲了學習者方便起見，大都採直譯方式，難於直譯處才加以意譯，文句均未加以修飾，因此有部份讀起來會有生硬之處。

本書匆促付印，且筆者才疏學淺，錯誤之處在所難免，冀希前輩先進不吝指正是禱。

林　榮　一　謹識

一九九五年七月

目次

走《はし》れメロス

太宰《だざい》　治《おさむ》

メロスは激怒《げきど》した。かならず、かの邪知暴虐《じゃちぼうぎゃく》の王《おう》をのぞかなければならぬと決意《けつい》した。メロスには政治《せいじ》がわからぬ。メロスは、村《むら》の牧人《ぼくじん》である。笛《ふえ》を吹《ふ》き、羊《ひつじ》と遊《あそ》んでくらしてきた。けれども邪悪《じゃあく》に対《たい》しては、人一倍《ひといちばい》に敏感《びんかん》であった。

きょう未明《みめい》、メロスは村《むら》を出発《しゅっぱつ》し、野《の》を越《こ》え山越え、十里《り》はなれたこの①シラクスの町《まち》にやってきた。メロスには父も、母《はは》もない。女房《にょうぼう》もない。十六の、②内気《うちき》な妹とふたりぐらしだ。この妹《いもうと》は、村《むら》のある③律気《りちぎ》な一牧人《いちぼくじん》を、近々《ちかぢか》、

跑呀！梅樂斯

太宰　治

梅樂斯大怒了。他下定決心非把那個奸詐暴虐的國王除掉不可。梅樂斯不懂政治。梅樂斯是村子裏的牧人。吹著笛子，跟羊嬉戲過著日子。可是對於邪惡，却比別人加倍地敏感。

今天天還沒亮。梅樂斯從村子裏出發，穿過田野、越過山陵，來到了離村子十里的希拉庫斯城。梅樂斯既沒有父母也沒有妻子。和十六歲性格羞怯的妹妹兩個人生活著。這個妹妹決定最近要招村子裏的一個忠實的

花婿《はなむこ》として迎《むか》えることになっていた。結婚式《けっこんしき》も④まぢかなのである。メロスは、それゆえ、花《はな》嫁《よめ》の衣装《いしょう》やら祝宴《しゅくえん》のごちそうやらを買《か》いに、はるばる町にやってきたのだ。

まず、その品《しな》じなを買《か》いあつめ、それから都《みやこ》の大路《おおじ》をぶらぶら歩《ある》いた。

メロスには⑤竹馬《ちくば》の友《とも》があった。セリヌンテイウスである。いまはこのシラクスの町《まち》で、石工《いしく》をしている。その友《とも》を、これから訪《たず》ねてみるつもりなのだ。ひさしく会《あ》わなかったのだから、訪《たず》ねていくのが楽《たの》しみである。

歩《ある》いているうちにメロスは、町《まち》のようすを怪《あや》しく思《おも》った。⑥ひっそりしている。もうすでに日《ひ》も落《お》ちて、町の暗《くら》いのはあたりまえだが、け

牧人爲女婿結婚典禮也迫近了。梅樂斯因此，爲了買新娘子的嫁粧和喜宴的菜肴，千里迢迢地來到城裏。

首先，買齊了各種東西，然後在京城的大馬路上躧躂著。

梅樂斯有個年幼時代的朋友。名叫薛利倫提屋斯，現在在這個希拉庫斯城裏當石匠。梅樂斯打算現在就去探望他看看。因爲好久沒見面，所以前去訪問，很是快樂。

走著走著，梅樂斯覺得街上的情況有些奇怪。靜悄悄的。太陽已經下山了，街上當然是黑暗的，但是，整個城市非常的寂靜，

れども、なんだか、夜《よる》のせいばかりではなく、町全体《まちぜんたい》が、⑦やけに寂《さび》しい。のんきなメロスも、だんだん不安《ふあん》になってきた。道《みち》で会《あ》った若《わか》い衆《しゅう》をつかまえて、なにかあったのか、二年《にねん》まえにこの町《まち》にきたときは、夜《よる》でもみんなが歌《うた》をうたって、町《まち》はにぎやかであったはずだが、と質問《しつもん》した。若《わか》い衆《しゅう》は、首《くび》をふって答《こた》えなかった。

しばらく歩《ある》いて老爺《ろうや》に会《あ》い、こんどはもっと、語勢《ごせい》を強《つよ》くして質問《しつもん》した。老爺《ろうや》は答《こた》えなかった。メロスは両手《りょうて》で老爺《ろうや》のからだをゆすぶって質問《しつもん》をかさねた。老爺《ろうや》は、⑧あたりをはばかる低声《こごえ》で、わずか答《こた》えた。

「王《おう》さまは、人《ひと》を殺《ころ》します。」

「なぜ殺《ころ》すのだ。」

總覺得不僅僅是因爲夜晚的緣故，無憂無慮的梅樂斯也漸漸地感到不安起來了。他叫住在路上遇到的一個年輕人問道：「發生了什麼事了嗎？兩年前來到這個城市的時候，即使是夜晚大家都在唱歌，街上的確是很熱鬧的呀！」年輕人搖頭而沒有回答。

走了一會兒遇到了一個老人，這次更加強了語氣詢問。老人沒有回答。梅樂斯用雙手搖挸老人的身體再次詢問了。老人才用怕周圍的人聽到而低聲的回答了一下。

「國王殺人。」

「爲什麼殺人呢？」

「⑨悪心《あくしん》をいだいている、というのですが、だれもそんな、悪心《あくしん》をもってはおりませぬ。」

「たくさんの人《ひと》を殺《ころ》したのか。」

「はい、はじめは王《おう》さまの妹婿《いもうとむこ》さまを。それから、ご自身《じしん》のお⑩世継《よつ》ぎを。それから、妹《いもうと》さまを。それから、妹さまのお子《こ》さまを。それから、皇后《こうごう》さまを。それから、賢臣《けんしん》のアレキスさまを。」

「おどろいた。国王《こくおう》は⑪乱心《らんしん》か。」

「いいえ、乱心《らんしん》ではございませぬ。人《ひと》を、信《しん》ずることができぬ、というのです。このごろは、臣下《しんか》の心《こころ》をも、お疑《うたが》いになり、すこしくはでなくらしをしている者《もの》には、人質《ひとじち》ひとりずつさしだすことを命《めい》じております。ご命令《めいれい》を⑫こばめ

「說是別人懷有歹意，可是誰也沒有那樣的歹意。」

「殺了很多人嗎？」

「是的，首先把國王的妹婿殺了。其次把他自己的繼承人，然後把他的妹妹，還有把他妹妹的兒子，後來把皇后，然後把賢臣阿列基斯都殺了。」

「眞嚇人！國王發瘋了嗎？」

「不，不是發瘋。據說不能相信別人。最近，對於臣下的心也懷疑起來了，命令那些生活稍微奢侈的人，每個人要交出一個人質來。誰要是違抗命令的話，就被釘在十字架上殺死。今天，殺死了六個人。」

ば十字架《じか》にかけられて、殺《ころ》されます。きょうは、六人《ろくにん》殺《ころ》されました。」

きいて、メロスは激怒《げきど》した。「あきれた王《おう》だ。生《い》かしておけぬ。」

メロスは、単純《たんじゅん》な男であった。買《か》い物《もの》を、背《せ》負《お》ったままで、のそのそ王城《おうじょう》にはいっていった。たちまちかれは、巡邏《じゅんら》の警吏《けいり》に捕縛《ほばく》された。調《しら》べられて、メロスの懐中《かいちゅう》からは短剣《たんけん》がでてきたので、さわぎが大《おお》きくなってしまった。メロスは、王《おう》のまえに引《ひ》きだされた。

「この短刀《たんとう》でなにをするつもりであったか。いえ！」

暴君《ぼうくん》ディオニスは静《しず》かに、けれども威厳《いげん》をもって問《と》いつめた。その王《おう》の顔《かお》は蒼白《そうはく》で、みけん

聽到這些，梅樂斯震怒了。「這種國王眞糟糕，不能讓他活下去。」

梅樂斯是個單純的男人。就那樣背著買的東西，慢呑呑地走進王城裏去。立刻被巡邏的警察逮捕了。受到檢查，因爲從梅樂斯的懷中發現了短劍，所以事情鬧大了。梅樂斯被拖到國王面前。

「打算用這把短刀做什麼？說！」

暴君蒂奥尼斯慢慢地卻又具有威嚴地盤問道。那個國王臉色蒼白，眉間的皺紋好像

のしわは、きざみこまれたように深《ふか》かった。

「町を暴君《ぼうくん》の手《て》から救《すく》うのだ。」とメロスは⑬わるびれずに答《こた》えた。

「おまえがか？」王は、憫笑《びんしょう》した。「しかたのないやつじゃ。おまえなどには、わしの孤独《こどく》の心《こころ》がわからぬ。」

「いうな！」とメロスは、いきりたって反駁《はんばく》した。

「人の心を疑《うたが》うのは、もっとも恥《は》ずべき悪徳《あくとく》だ。王は、民《たみ》の忠誠《ちゅうせい》をさえ疑《うたが》っておられる。」

「疑《うたが》うのが、正当《せいとう》の心がまえなのだと、わしに教《おし》えてくれたのは、おまえたちだ。人《ひと》の心《こころ》は、あてにならない。人間《にんげん》は、もともと私欲《しよく》のかたまりさ。信《しん》じては、ならぬ。」暴君《ぼうくん》はおちつい

是刻的那樣地深。

「是要從暴君的手裏救出這個城市的。」梅樂斯毫不膽怯地回答說。

「是你嗎？」國王憐憫嘲笑地說。「眞是個沒有辦法的傢伙，像你這樣的人，是不懂我的孤獨的內心。」

「別說啦！」梅樂斯激昂地反駁說。

「懷疑別人之心是最可恥的惡行。國王連人民的忠誠都在懷疑。」

「懷疑乃是正當的心理準備，而教我如此的正是你們。人心是靠不住的，人們本來就是私欲的化身，不可相信。」暴君很沉着地嘟喃著，嘆了一口氣。「我也是希望和平

てつぶやき、ほっと⑭ため息《いき》をついた。「わし⑮だって、平和《へいわ》を望《のぞ》んでいるのだが。」

「なんのための平和《へいわ》だ。自分《じぶん》の地位《ちい》を守《まも》るためか。」こんどはメロスが嘲笑《ちょうしょう》した。「罪《つみ》のない人《ひと》を殺《ころ》して、なにが平和《へいわ》だ。」

「だまれ、下賤《げせん》の者《もの》。」王《おう》は、さっと顔《かお》をあげてむくいた。

「口《くち》では、どんな清《きよ》らかなことでもいえる。わしには、人《ひと》のはらわたの奥底《おくそこ》が⑯見《み》えすいてならぬ。おまえだって、いまに、はりつけになってから、泣《な》いてわびたってきかぬぞ。」

「ああ、王《おう》はりこうだ。⑰うぬぼれているがよい。わたしは、ちゃんと⑱死《し》ぬる覚悟《かくご》でいるのに。いのちごいなどけっしてしない。ただ、

的呀！」

「是爲了什麼的和平，是爲了保衛自己的地位嗎？」這次是梅樂斯嘲笑了。「殺死了無辜的人，是什麼和平！」

「住口！下賤的人。」國王突然擡起頭來反駁說。

「用嘴巴，什麼清高純潔的事都能說得出。我把人的內心深處完全看透了。縱然你不久上了絞刑台之後儘管痛器流涕賠罪求饒，也是沒有用的啊！」

「啊！國王眞聰明，你驕傲自滿好了。不過我老早就決心一死了。決不乞求饒命的。只是——」說到這裏，梅樂斯視線落到脚

――」といいかけて、メロスは足《あし》もとに視線《しせん》をおとし瞬時《しゅんじ》ためらい、

「ただ、わたしに情《なさ》けをかけたいつもりなら、処刑《しょけい》までに三日間《みっかかん》の日限《にちげん》を与《あた》えてください。たったひとりの妹《いもうと》に、⑲亭主《ていしゅ》を持《も》たせてやりたいのです。三日《みっか》のうちに、わたしは村《むら》で結婚式《けっこんしき》をあげさせ、かならず、ここへ帰《かえ》ってきます。」

「ばかな。」と暴君《ぼうくん》は、しわがれた声《こえ》でひくく笑《わら》った。「⑳とんでもないうそをいうわい。逃《に》がした小鳥《ことり》が帰ってくるというのか。」

「そうです。帰《かえ》ってくるのです。」メロスは必死《ひっし》で㉑いいはった。「わたしは約束《やくそく》をまもります。わたしを、三日間《みっかかん》だけ許《ゆる》してください。妹《いもうと》が、わたしの帰《かえ》りをまっているのだ。そんな

邊，一瞬間躊躇著。

「只是。要是你打算憐恤我的話，請在處刑前給我三天的期限。我想讓我唯一的妹妹有個丈夫。三天之內，讓他們在村子裏舉行結婚典禮，我一定回到這裏來。」

「笨蛋！」暴君用嘶啞的聲音低聲地笑著說。「你說彌天大謊啊！你說放走的小鳥還會回來嗎？」

「是的，是會回來的。」梅樂斯拚命地堅持說：「我會遵守諾言。請准許我只要三天。我的妹妹在等著我回去。要是你不能相信我的話，好吧！在這個城市裏有個叫薛利

にわたしを信《しん》じられないならば、よろしい、この町《まち》にセリヌンティウスという石工《いしく》がいます。わたしの㉒無二《むに》の友人《ゆうじん》だ。あれを、人質《ひとじち》としてここにおいていこう。わたしが逃《に》げてしまって、三日《みっか》めの日暮《ひぐ》れまで、ここに帰《かえ》ってこなかったら、あの友人を絞《し》め殺《ころ》してください。たのむ。そうしてください。」

それをきいて王《おう》は、残虐《ざんぎゃく》な気持《きも》ちで、そっと㉓ほくそえんだ。㉔生意気《なまいき》なことをいうわい。どうせ帰《かえ》ってこないにきまっている。このうそつきにだまされたふりして、放《はな》してやるのもおもしろい。そうして㉕身《み》がわりの男《おとこ》を、三日《みっか》めに殺《ころ》してやるのも㉖気味《きみ》がいい。人《ひと》は、これだから信《しん》じられぬと、わしは悲《かな》しい顔《かお》して、その

倫提屋斯的石匠。是我最好的朋友，把他當做人質留在這裏我才走。要是我逃走了，在第三天的天黑以前，沒有囘到這裏來的話，就請你把那個朋友絞死。我懇求你，請你那麼做。」

聽到這些話的國王，殘暴的心地暗自高興了。眞是說大話啊！反正一定不會囘來的。就假裝上了這個說謊話的人的當，把他放了，也很有意思。而在第三天把那個替身的男人殺死，也是令人愉快的。人，因爲是這樣，所以是不能相信的，我就帶著悲傷的表情把那個替身的男人處以磔刑，讓世界上所

身《み》がわりの男を磔刑《たっけい》に処《しょ》してやるのだ。世《よ》の中《なか》の、正直者《しょうじきもの》とかいうやつばらにうんと見《み》せつけてやりたいものさ。

「願《ねが》いを、きいた。その身がわりを呼《よ》ぶがよい。三日《みっか》めには日没《にちぼつ》までに帰《かえ》ってこい。おくれたら、その身《み》がわりを、きっと殺《ころ》すぞ。ちょっとおくれてくるがいい。おまえの罪《つみ》は、永遠《えいえん》にゆるしてやろうぞ。」

「なに、なにをおっしゃる。」

「はは。いのちが大事《だいじ》だったら、おくれてこい。おまえの心《こころ》は、わかっているぞ。」

メロスはくやしく、じだんだ踏《ふ》んだ。ものもいいたくなくなった。

竹馬《ちくば》の友《とも》、セリヌンティウスは、深夜《しんや》、王城《おうじょう》

謂的正直人那些傢伙們好好地看看。

「你的要求，我答應了。把那個替身叫來好了。在第三天日落以前回來吧！要是晚了的話，一定把那個替身殺死！你稍微晚一點回來好了，你的罪我將永遠加以赦免。」

「什麼！您說什麼？」

「哈哈！要是愛惜生命的話就晚些回來。你的內心，我是明白的啦！」

梅樂斯懊悔地頓足捶胸，話也不想說了。

幼年的朋友薛利倫提屋斯在深夜，被召

に召《め》された。暴君《ぼうくん》ディオニスの面前《めんぜん》で、よき友《とも》とよき友《とも》は、二年《にねん》ぶりで相会《あいお》うた。メロスは、友《とも》にいっさいの事情《じじょう》を語《かた》った。

セリヌンティウスは無言《むごん》でうなずき、メロスをひしと抱《だ》きしめた。友《とも》と友《とも》のあいだは、㉗それでよかった。セリヌンティウスは、なわ打《う》たれた。メロスは、すぐに出発《しゅっぱつ》した。初夏《しょか》、満天《まんてん》の星《ほし》である。

メロスはその夜《よ》、㉘一睡《いっすい》もせず十里《じゅうり》の道《みち》を急《いそ》ぎに急《いそ》いで、村《むら》へ到着《とうちゃく》したのは、あくる日《ひ》の午《ご》前《ぜん》、日《ひ》はすでに高《たか》くのぼって、村人《むらびと》たちは野《の》にでて仕事《しごと》をはじめていた。メロスの十六《じゅうろく》の妹も、きょうは兄のかわりに羊群《ようぐん》の番《ばん》をしていた。よろめいて歩《ある》いてくる兄《あに》の、疲労困憊《ひろうこんぱい》の姿《すがた》を見つ

到王城裏。在暴君蒂奧尼斯的面前，兩年沒見面的好朋友和好朋友相逢了。梅樂斯向朋友說了一切的情況。

薛利倫提屋斯默默地點了頭，把梅樂斯緊緊地抱住了，朋友和朋友之間，這就足夠了。薛利倫提屋斯被捆綁著。梅樂斯立刻出發了，初夏，滿天星斗。

梅樂斯那天晚上，一點也沒睡，趕了十里路，到達村子的時候，是第二天的上午，太陽已經高高地昇起，村子裏的人們到田野裏開始工作了。梅樂斯的十六歲妹妹，今天也替哥哥看守著羊群。看到哥哥踉踉蹌蹌地走來，那疲憊不堪的樣子，使她大吃一驚。

けておどろいた。そうして、うるさく兄《あに》に質問《しつもん》をあびせた。

「なんでもない。」メロスはむりに笑《わら》おうとつとめた。「町《まち》に用事《ようじ》をのこしてきた。またすぐ町《まち》にいかなければならぬ。あす、おまえの結婚式《けっこんしき》をあげる。早《はや》いほうがよかろう。」

妹《いもうと》はほおをあからめた。

「うれしいか。きれいな衣装《いしょう》も買《か》ってきた。さあ、これからいって、村《むら》の人たちにしらせてこい。結婚式《けっこんしき》は、あすだと。」

メロスは、また、よろよろと歩《ある》きだし、家《うち》へ帰《かえ》って神《かみ》がみの祭壇《さいだん》をかざり、祝宴《しゅくえん》の席《せき》をととのえ、まもなく床《ゆか》にたおれふし、呼吸《いき》もせぬく

於是，囉嗦地向哥哥質問。

「沒什麼！」梅樂斯勉強地故作笑容。「在城裏留著沒辦的事就回來了，又得立刻到城裏去。明天，舉行你的結婚典禮。早一點是比較好吧！」

妹妹臉紅了。

「高興嗎？漂亮的衣服也買來了。來吧！現在就去通知村子裏的人們吧！結婚典禮是在明天。」

梅樂斯又蹣跚地走起來，回到家裏，裝飾了供奉各種神的祭壇，準備了慶祝的宴席，不久就倒在床上，連呼吸都停止似的沈浸

らいの深《ふか》い眠《ねむ》りにおちてしまった。

目《め》がさめたのは夜《よる》だった。メロスは起《お》きてすぐ、花婿《はなむこ》の家をおとずれた。そうして、すこし事情《じじょう》があるから、結婚式《けっこんしき》をあすにしてくれ、とたのんだ。婿《むこ》の牧人《ぼくじん》はおどろき、それはいけない、こちらにはまだなんのしたくもできていない、ぶどうの季節《きせつ》まで待《ま》ってくれ、と答《こた》えた。メロスは、待《ま》つことはできぬ、どうかあすにしてくれたまえ、とさらに押《お》してたのんだ。婿《むこ》の牧人も頑強《がんきょう》であった。なかなか承諾《しょうだく》してくれない。夜明《よあ》けまで議論《ぎろん》をつづけて、やっと、どうにか婿《むこ》をなだめ、すかして、説《と》きふせた。

結婚式《けっこんしき》は、㉙ま昼《ひる》におこなわれた。新郎新婦《しんろうしんぷ》の、神《かみ》がみへの宣誓《せんせい》がすんだころ、黒雲《こくうん》が空《そら》を

在酣睡中。

醒來的時候是晚上了。梅樂斯起床立刻到新郎家拜訪，而且，懇求說：因爲有點情況，明天舉行結婚典禮吧！新郎牧人嚇了一跳，回答說：那是不行的，我這邊還沒做好任何準備，等到葡萄的季節吧！梅樂斯更進一步硬懇求說：不能等待，請明天舉行吧！新郎牧人也是固執的，總是不肯答應。一直爭論到天亮。好不容易總算連哄帶勸地說服了新郎。

結婚典禮在中午舉行了。新郎新娘對神明宣誓完畢的時候，烏雲蔽日，雨稀稀啦啦

おおい、ぽつりぽつり雨《あめ》がふりだし、やがて車《しゃ》軸《じく》を流《なが》すような大雨《おおあめ》となった。祝宴《しゅくえん》に列席《れっせき》していた村人たちは、なにか不吉《ふきつ》なものを感《かん》じたが、それでも、めいめい気持《きも》ちをひきたて、せまい家の中で、むんむん蒸《む》し暑《あつ》いのもこらえ、陽気《ようき》に歌《うた》をうたい、手《て》をうった。メロスも、満面《まんめん》に喜色《きしょく》をたたえ、しばらくは、王との約束《やくそく》をさえわすれていた。

祝宴《しゅくえん》は、夜《よる》にはいっていよいよ乱《みだ》れ、はなやかになり、人びとは、外《そと》の豪雨《ごうう》をまったく気《き》にしなくなった。メロスは、一生《いっしょう》このままここにいたい、と思《おも》った。このよい人たちと生涯《しょうがい》くらしていきたいと願《ねが》ったが、いまは、自分《じぶん》のからだで、自分《じぶん》のものではない。㉚ままならぬこと

地下起來了，不久，變成了傾盆大雨。參加喜宴的村子裏的人們，似乎感到了不祥之兆。雖然如此，每個人都振作精神，在狹窄的房子裏，忍受著透不過氣來的悶熱，熱鬧地拍手唱歌。梅樂斯滿面喜色，甚至把和國王的約定也暫時忘記了。

進入夜晚，喜宴更加混亂了，形成了高潮，人們，完全沒注意外面的豪雨了。梅樂斯這樣的想著，希望一生就這樣呆在這裏。希望和這些善良的人們一輩子生活下去，但是，現在自己的身體，不是屬於自己的，是由不得自己的意願的。梅樂斯鞭策自己終

である。メロスは、わが身《み》にむち打《う》ち、ついに出発《しゅっぱつ》を決意《けつい》した。あすの日没《にちぼつ》までには、まだ十《じゅう》分《ぶん》の時《とき》がある。ちょっとひと眠《ねむ》りして、それからすぐに出発《しゅっぱつ》しよう、と考《かんが》えた。そのころには、雨《あめ》も小降《こぶ》りになっていよう。すこしでも長《なが》くこの家にぐずぐずとどまっていたかった。メロスほどの男《おとこ》にも、やはり未練《みれん》の情《じょう》というものはある。今宵《こよい》ぼうぜん、歓喜《かんき》に酔《よ》っているらしい花《はな》嫁《よめ》にちかより、

「おめでとう。わたしは疲《つか》れてしまったから、ちょっと㉛ごめんこうむって眠《ねむ》りたい。目《め》がさめたら、すぐに町《まち》にでかける。たいせつな用事《ようじ》があるのだ。わたしがいなくても、もうおまえには優《やさ》しい亭主《ていしゅ》があるのだから、けっして寂《さび》し

於決心出發。他想，到明天日落之前，還有充分的時間，稍微睡一會兒，然後馬上出發。到那個時候，雨也會變小雨吧！即使是一會兒，也希望在這個家裏磨蹭多呆些時間。像梅樂斯這樣的男子漢也還有戀戀不捨的感情。他走近今宵好像茫然地陶醉在喜悅裏的新娘身旁說：

「恭禧！我因爲疲倦得很，所以希望得到你的允許，稍微睡一會兒。要是醒了的話就立刻到城裏去，有要緊的事。即使我不在，因爲妳已經有個體貼的丈夫，所以決不會寂寞的。你的哥哥最討厭的是懷疑別人，其

いことはない。おまえの兄《あに》の、いちばんきらいなものは、人《ひと》を疑《うたが》うことと、それから、うそをつくことだ。おまえも、それは、知《し》っているね。亭主《ていしゅ》とのあいだに、どんな秘密《ひみつ》でもつくってはならぬ。おまえにいいたいのは、それだけだ。おまえの兄《あに》は、たぶんえらい男《おとこ》なのだから、おまえもその誇《ほこ》りをもっていろ」

花嫁《はなよめ》は、夢見《ゆめみ》ごこちでうなずいた。メロスは、それから花婿《はなむこ》の肩《かた》をたたいて、

「したくのないのは㉜おたがいさまさ。わたしの家にも、宝《たから》といっては、妹と羊《ひつじ》だけだ。ほかには、なにもない。全部《ぜんぶ》あげよう。もうひとつ、メロスの弟になったことを誇《ほこ》ってくれ。」

花婿《はなむこ》はもみ手《で》して、てれていた。メロスは笑《わら》

次是說謊話。這個你也是知道的。妳和妳的丈夫之間，不可以製造任何祕密。我想對妳說的只有這個。因爲妳的哥哥可能是個了不起的男人，所以妳也要引以爲榮。」

新娘宛如作夢般地點頭。梅樂斯後來拍著新郎的肩膀說：

「我們彼此都沒有準備。在我家裏，要是談到寶物的話只有妹妹和羊。此外，一無所有。全部給你吧！另外，你要爲成了梅樂斯的弟弟而驕傲。」

新郎搓著手很難爲情。梅樂斯笑著向村

って村人《むらびと》たちにも会釈《えしゃく》して、宴席《えんせき》から㉝たち去《さ》り、羊小屋《ひつじごや》にもぐりこんで、死《し》んだように深く眠《ねむ》った。

目《め》がさめたのはあくる日《ひ》の薄明《はくめい》のころである。メロスははね起き、㉞南無三《なむさん》、寝《ね》すごしたか、いや、まだまだ大丈夫《だいじょうぶ》、これからすぐに出発《しゅっぱつ》すれば、約束《やくそく》の刻限《こくげん》までには十分《じゅうぶん》㉟まにあう。きょうはぜひとも、あの王《おう》に、人の信実《しんじつ》の存《そん》するところを見《み》せてやろう。そうして笑《わら》ってはりつけの台《だい》にあがってやる。メロスは、㊱ゆうゆうと身《み》じたくをはじめた。雨《あめ》も、いくぶん小降《こぶ》りになっているようすである。身《み》じたくはできた。さて、メロスは、ぶるんと両腕《りょううで》を大《おお》きくふって、雨中《うちゅう》、矢《や》のごとく走《はし》りでた。

子裏的人們行禮打招呼，離開宴席，鑽進羊舍裏像死了一般的深沉地入睡了。

醒來時已是第二天的黎明時分。梅樂斯跳起來，天呀！睡過頭了嗎？不、還不要緊，要是現在馬上出發，足夠趕得上約定的時限。今天無論如何，要讓那個國王看看人類存在著的信實。然後笑著走上絞刑台。梅樂斯從容不迫地開始裝束。雨也好像下得小一點了。裝束好了。且說，梅樂斯有力地揮動著兩臂，在雨中，像箭似的跑出去了。

わたしは、今宵《こよい》、殺《ころ》される。殺《ころ》されるために走《はし》るのだ。身《み》がわりの友《とも》を救《すく》うために走《はし》るのだ。王《おう》の奸佞邪知《かんねいじゃち》を打《う》ち破《やぶ》るために走《はし》るのだ。走《はし》らなければならぬ。そうして、わたしは殺《ころ》される。若《わか》いときから名誉《めいよ》を守《まも》れ。㊲さらば、ふるさと。若《わか》いメロスは、つらかった。いくどか、立《た》ちどまりそうになった。えい、えいと大声《おおごえ》あげて自《じ》身《しん》をしかりながら走《はし》った。

村《むら》をでて、野《の》を横《よこ》ぎり、森《もり》をくぐりぬけ、隣《となり》村《むら》に着《つ》いたころには、雨《あめ》もやみ、日《ひ》は高《たか》くのぼって、そろそろ暑《あつ》くなってきた。メロスは額《ひたい》の汗《あせ》をこぶしで払《はら》い、ここまでくれば大丈夫《だいじょうぶ》、㊳もはや故郷《こきょう》への未練《みれん》はない。妹《いもうと》たちは、きっとよい夫婦《ふうふ》になるだろう。わたしには、いま、な

我今晚將被殺死。我是爲了被殺死而跑的，爲了救那位做替身的朋友而跑的。爲了粉碎國王的奸佞邪惡而跑的。不跑可不行。然後，我將被殺。要從年輕的時候就維護名譽。再見吧！故鄉。年輕的梅樂斯很痛苦。多少次幾乎要停下來。嘿！嘿！他一邊大聲地申斥著自己一邊跑着。

出了村莊，橫過田野，穿過森林，到達鄰村的時候，雨也停了，太陽高高地升起，漸漸地熱起來了。梅樂斯用拳頭抹著額頭的汗水。來到了這裏就不要緊了，已經沒有對故鄉的留戀之情了。妹妹和妹婿一定會成爲好的夫婦。我現在應該是什麼掛念也沒有了

んの気《き》がかりもないはずだ。まっすぐに王城《おうじょう》にいき着《つ》けば、それでよいのだ。そんなに急《いそ》ぐ必《ひつ》要《よう》もない。ゆっくり歩《ある》こう、と㊴持《も》ちまえののんきさをとりかえし、すきな小歌《こうた》をいい声《こえ》でうたいだした。ぶらぶら歩《ある》いて二里《り》いき三里《り》いき、そろそろ全里程《ぜんりてい》のなかばに到達《とうたつ》したころ、ふってわいた災難《さいなん》、メロスの足《あし》は、はたと、とまった。

見《み》よ、前方《ぜんぽう》の川《かわ》を。きのうの豪雨《ごうう》で山の水源《すいげん》地《ち》は氾濫《はんらん》し、濁流滔《だくりゅうとう》々《とう》と下流《かりゅう》にあつまり、猛勢《もうせい》一挙《いっきょ》に橋《はし》を破壊《はかい》し、どうどうとひびきをあげる激流《げきりゅう》が、こっぱみじんに橋《はし》げたをはねとばしていた。かれはぼうぜんと、㊵立《た》ちすくんだ。あちこちとながめまわし、また、声《こえ》をかぎりに呼《よ》

。一直走到王城去，那就好了。沒有必要那麼的急，慢慢地走吧！就這樣恢復了天生的漫不經心，用美好的聲音開始唱起喜愛的小調。信步地走著，走了二里、走了三里，慢慢地到達了全部里程一半的時候，突然天降大禍，使梅樂斯的脚步突然地停住了。

看！前方的河流，因爲昨天的豪雨，山上的水源地氾濫了，濁流滔滔地匯集到下游，水勢凶猛，一擧沖毀了橋樑，發出隆隆的聲響的激流把橋桁沖得粉碎。他茫然地呆立不動。向四周眺望，還大聲地呼喊，可是繫在岸邊的船隻全都被浪沖走了，無影無踪，

びたててみたが、繋舟《けいしゅう》はのこらず波《なみ》にさらわれて影《かげ》なく、渡《わた》しもりの姿《すがた》も見えない。流《なが》れはいよいよ、ふくれあがり、海《うみ》のようになっている。メロスは川岸《かわぎし》にうずくまり、男泣《おとこな》きに泣きながら㊶ゼウスに手《て》をあげて哀願《あいがん》した。

「ああ、しずめたまえ、荒《あ》れ狂《くる》う流《なが》れを！時《とき》は刻《こく》こくにすぎていきます。太陽《たいよう》もすでにま昼《ひる》時《どき》です。あれが沈《しず》んでしまわぬうちに、王城《おうじょう》にいき着《つ》くことができなかったら、あのよい友だちが、わたしのために死《し》ぬのです。」

濁流《だくりゅう》は、メロスの叫《さけ》びを㊷せせら笑《わら》うごとく、㊸ますます激《はげ》しくおどり狂《くる》う。波《なみ》は波をのみ、巻《ま》き、あおりたて、そうして時《とき》は、刻一刻《こくいっこく》と消《き》えていく。いまはメロスも覚悟《かくご》した。泳《およ》ぎきる

也看不見船夫的影子。水流越來越高漲，好像成了大海。梅樂斯蹲在河岸，一邊嚎啕大哭，一邊擧起手來向宙斯神哀禱：

「啊！請您鎮住這洶湧的水流！時間一刻刻地過去。太陽已是中午時分。要是我不能在太陽西沈之前到達王城的話，那個好朋友，是會爲我而死的。」

濁流好像是嘲笑梅樂斯的喊叫似的越發洶湧澎湃。波浪翻滾、旋卷起伏，而時間一刻一刻地消失。現在梅樂斯也下定決心了。除了游過去別無他法。啊！神其照鑑！現在

よりほかにない。ああ、神《かみ》がみも照覧《しょうらん》あれ！濁流《だくりゅう》にも負《ま》けぬ愛《あい》と誠《まこと》の偉大《いだい》な力《ちから》を、いまこそ発揮《はっき》して見《み》せる。メロスは、ざんぶと流《なが》れにとびこみ、百匹《ひゃっぴき》の大蛇《だいじゃ》のようにのたうち荒《あ》れ狂《くる》う波《なみ》を相手《あいて》に、必死《ひっし》の闘争《とうそう》を開始《かいし》した。満身《まんしん》の力《ちから》を腕《うで》にこめて、押《お》しよせうず巻《ま》き引《ひ》きずる流《なが》れを、なんのこれしきとかきわけかきわけ、めくらめっぽう㊹獅子《しし》奮迅《ふんじん》の人《ひと》の子《こ》の姿《すがた》には、神《かみ》もあわれと思《おも》ったか、ついに憐愍《れんびん》をたれてくれた。押《お》し流《なが》され㊺つつも、みごと、対岸《たいがん》の樹木《じゅもく》の幹《みき》に、すがりつくことができたのである。

　ありがたい。メロスは馬《うま》のように大きな胴《どう》ぶるいを一《ひと》つして、すぐにまた先《さき》をいそいだ。一刻《いっこく》といえども、むだにはできない。日《ひ》はすでに

要發揮不怕濁流的愛和眞誠的力量。梅樂斯噗通一聲跳進水裏，像百條大蛇因痛苦而翻滾著似的波浪開始了殊死的搏鬥。他把全身的力量集中在胳膊上，不畏艱難的排開一個個湧過來的打著旋渦翻轉的水流，對於這種奮不顧身的勇猛的人子的姿態，神明似乎也有所感動，終於賜給了憐憫。儘管不斷地被水冲走，終於能夠抓住了對岸樹木的樹幹。

　謝天謝地！梅樂斯好像馬一樣的用力渾身抖動了一下，立刻又向前趕路。一刻也不能浪費。太陽已經西斜了。他一邊呼呼地喘

西《にし》にかたむきかけている。ぜいぜい荒《あら》い呼吸《こきゅう》をしながら峠《とうげ》をのぼり、のぼりきって、ほっとしたとき、突然《とつぜん》、目《め》の前《まえ》に一隊《いったい》の山賊《さんぞく》がおどりでた。

「待《ま》て。」

「なにをするのだ。わたしは日《ひ》の沈《しず》まぬうちに王城《おうじょう》へいかなければならぬ。放《はな》せ。」

「㊻どっこい放《はな》さぬ。持《も》ちもの全部《ぜんぶ》をおいていけ。」

「わたしには、いのちのほかにはなにもない。その、たった一つのいのちも、これから王《おう》にくれてやるのだ。」

「その、いのちがほしいのだ。」

「さては、王《おう》の命令《めいれい》で、ここでわたしを待《ま》ち

著氣一邊爬上山巔，爬到山頂，喘口氣的時候，突然，一群的山賊跳出在眼前。

「等一下！」

「要幹什麼？我在日落之前必須到王城去。放開我！」

「慢著！不能放。把全部的東西留下再走！」

「我除了性命以外什麼也沒有，就連這唯一的性命，現在也要交給國王了。」

「那！要你的命！」

「那麼！是國王的命令，在這裏埋伏等

ぶせしていたのだな。」

山賊《さんぞく》たちは、㊼ものもいわず、いっせいにこん棒《ぼう》をふりあげた。メロスはひょいと、からだを折《お》りまげ、飛鳥《ひちょう》のごとく身《み》ぢかのひとりに襲《おそ》いかかり、そのこん棒《ぼう》をうばい取《と》って、

「気《き》のどくだが、正義《せいぎ》のためだ！」と猛然《もうぜん》一《いち》撃《げき》、たちまち、三人《さんにん》をなぐりたおし、残《のこ》る者《もの》のひるむすきに、さっさと走《はし》って峠《とうげ》をくだった。

一気《き》に峠《とうげ》を駆《か》けおりたが、さすがに疲労《ひろう》し、㊽おりから午後《ごご》の灼熱《しゃくねつ》の太陽《たいよう》が㊾まともに、かっと照《て》ってきて、メロスはいくどとなくめまいを感《かん》じ、これではならぬ、と気《き》をとりなおしては、よろよろ二、三歩《ぽ》あるいて、ついに、がくりと㊿膝《ひざ》を折《お》った。立《た》ちあがることができぬの

著我吧！」

山賊們，話也沒說，同時提起了棍棒。梅樂斯突然彎下身，像飛鳥似的襲擊身旁的一個山賊，奪取了他的棍棒，說：

「對不起！是爲了正義！」就這樣猛然一擊，立刻打倒了三個人，趁著其餘的人嚇得發呆的時候，就趕緊跑下山巔。

一口氣跑下了山巔，但到底是疲倦了。正當這時，又是午後灼熱的太陽正面照射着，梅樂斯不止一次地感到暈眩。要是這樣的話是不行的，他振奮精神，蹣跚地走了兩三步，終於突然無力地跪下，站不起來，仰望天空，悔恨得哭起來了。

だ。天を仰《あお》いで、くやし泣《な》きに泣きだした。
ああ、あ、濁流《だくりゅう》を泳《およ》ぎきり、山賊《さんぞく》を三人《さんにん》もうちたおし、(51)韋駄天《いだてん》、ここまで突破《とっぱ》してきたメロスよ。真《しん》の勇者《ゆうしゃ》、メロスよ。いま、ここで、疲《つか》れきって動《うご》けなくなるとは情《なさ》けない。愛《あい》する友《とも》は、おまえを信《しん》じたばかりに、やがて殺《ころ》されなければならぬ。おまえは、(52)希代《きだい》の不信《ふしん》の人《にん》間《げん》、まさしく王《おう》の(53)思《おも》うつぼだぞ、と自分《じぶん》をしかってみるのだが、全身《ぜんしん》なえて、もはや芋虫《いもむし》ほどにも(54)前進《ぜんしん》かなわぬ。路傍《ろぼう》の草原《そうげん》にごろりと寝《ね》ころがった。身体疲労《しんたいひろう》すれば、精神《せいしん》もともにやられる。もう、どうでもいいという、勇者《ゆうしゃ》に不似合《ふにあ》いなふてくされた根性《こんじょう》が、心《こころ》のすみに巣《す》くった。

啊！啊！游過了濁流、打倒了三個山賊，像飛毛腿似的突破了障碍而來到這裏的梅樂斯啊！眞正的勇士，梅樂斯啊！現在，在這裏筋疲力盡，動彈不得，眞是可憐。你所愛的朋友，只是因爲相信你，不久就得被殺死。你是人類少有的不講信義的人，正是中了國王的圈套。他這樣的責備自己。但他全身乏力，像芋蟲那樣緩慢前進也不可能了，一下子滾到路邊的草原上，身體疲勞，精神也受到打擊。已經，無所謂了！這種與勇士不相稱的嘔氣的念頭盤據在他的心頭。

わたしは、これほど努力《どりょく》したのだ。約束《やくそく》をやぶる心《こころ》は、みじんもなかった。神《かみ》も照覧《しょうらん》、わたしは精《せい》いっぱいに努《つと》めてきたのだ。動《うご》けなくなるまで走《はし》ってきたのだ。わたしは不信《ふしん》の徒《と》ではない。ああ、できることならわたしの胸《むね》をたちわって、真紅《しんく》の心臓《しんぞう》を(55)お目《め》にかけたい。愛《あい》と信実《しんじつ》の血液《けつえき》だけで動《うご》いているこの心臓《しんぞう》を見せてやりたい。けれどもわたしは、この大事《だいじ》なときに、精《せい》も根《ごん》もつきたのだ。わたしは、よくよく不幸《ふこう》な男《おとこ》だ。

わたしは、きっと笑《わら》われる。わたしの一家《いっか》も笑《わら》われる。わたしは友《とも》をあざむいた。中途《ちゅうと》でたおれるのは、はじめからなにもしないのとおなじことだ。ああ、もう、どうでもいい。これが、わた

我是如此的努力了，絲毫都沒有失約之心，神其照鑑！我是盡最大的努力的，跑到再也不能動彈爲止的。我不是不守信用之徒。啊！要是可以的話，我願意把我的胸膛剖開，讓您看我的赤紅的心，讓您看只用愛和信實的血液跳動著的心臟。可是，在這個重要的時刻却筋疲力盡了。我是個非常非常不幸的人。

我一定會被人笑，我的全家也會被人笑，我欺騙朋友了，在中途倒下是和從開始什麼都沒做是一樣的。啊！無所謂了！這或許是我命中注定的。

しの定《さだ》まった運命《うんめい》なのかもしれない。

セリヌンティウスよ、ゆるしてくれ。きみはいつでもわたしを信《しん》じた。わたしもきみをあざむかなかった。わたしたちは、ほんとうによい友《とも》と友《とも》であったのだ。いちどだって、暗《くら》い疑惑《ぎわく》の雲《くも》を、おたがい胸《むね》に宿《やど》したことはなかった。いまだって、きみはわたしを無心《むしん》に待《ま》っているだろう。ああ、待《ま》っているだろう。ありがとう、セリヌンティウス。よくもわたしを信《しん》じてくれた。それを思《おも》えば、たまらない。友《とも》と友《とも》のあいだの信実《しんじつ》は、この世《よ》でいちばん誇《ほこ》るべき宝《たから》なのだからな。

セリヌンティウス、わたしは走《はし》ったのだ。きみをあざむくつもりは、みじんもなかった。信《しん》

薛利倫提屋斯啊！原諒我吧！你總是相信我，我也沒欺騙你，我們是眞正的好朋友。在相互的心中從未有過一次互相懷疑的暗影，即使是現在，你也一心一意地等著我吧！啊！在等著吧！謝謝！薛利倫提斯屋！您竟能相信我。一想起這些眞是受不了。朋友和朋友之間的信實，是在這個世界上最值得驕傲最寶貴的東西。

薛利倫提屋斯！我是跑了，我絲毫沒有欺騙你的打算，相信我吧！我是急急地來到

じてくれ！わたしは急《いそ》ぎに急《いそ》いでここまできたのだ。濁流《だくりゅう》を突破《とっぱ》した。山賊《さんぞく》の囲《かこ》みからも、するりとぬけて一気に峠《とうげ》を駆《か》けおりてきたのだ。わたしだから、できたのだよ。ああ、このうえ、わたしに望《のぞ》みたもうな。放《ほう》っておいてくれ。どうでも、いいのだ。わたしは負《ま》けたのだ。だらしがない。笑《わら》ってくれ。

　王《おう》はわたしに、ちょっとおくれてこい、と(56)耳《みみ》うちした。おくれたら、身《み》がわりを殺《ころ》して、わたしを助《たす》けてくれると約束《やくそく》した。わたしは王《おう》の卑劣《ひれつ》をにくんだ。けれども、いまになってみると、わたしは王《おう》のいうままになっている。わたしは、おくれていくだろう。王《おう》は、(57)ひとり合点《がてん》してわたしを笑《わら》い、そうしてこともなくわ

這裏的。冲破了濁流，突破了山賊的包圍，一口氣從山巔跑下來。因爲是我，所以能做到呀！啊！不要期望我更多了。不要管我啦！無所謂啦！我是失敗了，沒有出息，笑我吧！

　國王對我耳語說：「稍微晚一點回來吧！」和我約定說，要是慢了，就殺死替身來救我的命。我憎恨國王的卑鄙，可是到了現在看來，我成了照著國王所說的那樣。我會遲到的。國王將自以爲是地笑我，然後若無其事地赦免我吧。要是那樣的話，我比死還難受。我將永遠是個叛徒，地球上最不名譽

たしを放免《ほうめん》するだろう。そうなったら、わたしは、死《し》ぬよりつらい。わたしは、永遠《えんえん》に裏切《うらぎ》り者《もの》だ。地上《ちじょう》でもっとも、不名誉《ふめいよ》の人種《じんしゅ》だ。セリヌンティウスよ、わたしも死《し》ぬぞ。きみといっしょに死《な》なせてくれ。きみだけはわたしを信《しん》じてくれるにちがいない。いや、それもわたしの、ひとりよがりか？ああ、もういっそ、悪徳者《あくとくしゃ》として生《い》きのびてやろうか。

　村《むら》にはわたしの家《うち》がある。羊《ひつじ》もいる。妹夫婦《いもうとふうふ》は、まさかわたしを村《むら》から追《お》いだすようなことはしないだろう。正義《せいぎ》だの、信実《しんじつ》だの、愛《あい》だの、考《かんが》えてみれば、くだらない。人《ひと》を殺《ころ》して自分《じぶん》が生《い》きる。それが人間世界《にんげんせかい》の定法《じょうほう》ではなかったか。ああ、なにもかも、ばかばかしい。わたしは、

的人。薛利倫提屋斯啊！我也要死啦！讓我和你一起死吧！無疑的只有你一定會相信我。不，這也是我自以爲是的想法吧！啊！我還是不如作個不道德的人活下去吧？

　在村子裏有我的家，也有羊，妹妹和妹婿總不至於把我從村子裏趕出去吧！什麼正義啦、信用啦、愛啦、想起來都是無聊的。殺死別人而自己活著，那不就是人世間的天經地義嗎？啊！一切的一切都是無聊透頂。我是醜惡的叛徒。不管怎樣，隨它便吧，一

醜《みにく》い裏切《うらぎ》り者《もの》だ。どうとも、かってにするがよい。㊽やんぬるかな。——四肢《しし》を投《な》げだして、うとうと、まどろんでしまった。

　ふと耳《みみ》に、潺々《せんせん》、水《みず》の流《なが》れる音《おと》がきこえた。そっと頭《あたま》をもたげ、息《いき》をのんで耳《みみ》をすました。すぐ足《あし》もとで、水《みず》が流《なが》れているらしい。よろよろ起《お》きあがって、見《み》ると、岩《いわ》の裂《さ》けめからこんこんと、なにか小さくささやきながら、清水《しみず》がわきでているのである。その泉《いずみ》に吸《す》いこまれるようにメロスは身《み》をかがめた。水《みず》を両手《りょうて》ですくって、ひとくちのんだ。ほうと長《なが》いため息《いき》がでて、夢《ゆめ》からさめたような気《き》がした。歩《ある》ける。行こう。肉体《にくたい》の疲労回復《ひろうかいふく》とともに、㊾わずかながら希望《きぼう》が生《う》まれた。義務遂行《ぎむすいこう》の希望《きぼう》である。わ

切都完了。——伸開了四肢，昏昏沈沈地打盹了。

　突然，耳邊聽到了潺潺的流水聲。悄悄地擡起頭來，屏息傾聽，就在脚跟前好像有水流著。搖搖晃晃地站起來，一看，從岩石的隙縫中滾滾地湧出清水，聲如喃喃細語。好像被那泉水吸住似的梅樂斯，彎著腰，用兩手捧起水，喝了一口。哎！地長嘆一口氣，好像從夢中醒來一樣。能走了，走吧！隨著肉體的疲勞的恢復，產生了一點點希望。是履行義務的希望，殺身，而維護名譽的希望。

が身《み》を殺《ころ》して、名誉《めいよ》をまもる希望《きぼう》である。

斜陽《しゃよう》は赤《あか》い光《ひかり》を、木々《きぎ》の葉《は》に投《とう》じ、葉《は》も枝《えだ》ももえるばかりにかがやいている。日没《にちぼつ》までには、まだ間《ま》がある。わたしを、待《ま》っている人《ひと》があるのだ。すこしもうたがわず、静《しず》かに期待《きたい》してくれている人があるのだ。わたしは、信《しん》じられている。わたしの命《いのち》なぞは、問題《もんだい》ではない。死《し》んでおわび、などと気《き》のいいことはいっておられぬ。わたしは、信頼《しんらい》にむくいなければならぬ。いまはただその一事《いちじ》だ。走れ！メロス。

わたしは信頼《しんらい》されている。わたしは信頼《しんらい》されている。先刻《せんこく》の、あの悪魔《あくま》のささやきは、あれは夢《ゆめ》だ。悪《わる》い夢《ゆめ》だ。わすれてしまえ。五臓《ごぞう》がつかれているときは、ふいとあんな悪《わる》い夢《ゆめ》を見《み》る

斜陽把紅光投射在樹木的葉子上，樹葉和樹枝好像燃燒似地發著光輝。在日落之前，還有時間。有人在等著我。一點兒也不懷疑，靜靜地期待著。我被他所信任，我的生命不是問題。不能自以爲是的說什麼以死謝罪等話，我必須報答他的信任。現在是只有這件事。跑呀！梅樂斯。

我被人信任著，我被人信任著。剛才那個惡魔的私語，那是夢。是惡夢。忘掉它吧！那是在五臟疲勞著的時候，偶然做的惡夢。梅樂斯，不是你的恥辱，你仍然是眞正的

ものだ。メロス、おまえの恥《はじ》ではない。やはり、おまえは真《しん》の勇者《ゆうしゃ》だ。ふたたび立《た》って走《はし》れるようになったではないか。ありがたい！わたしは、正義《せいぎ》の士《し》として死《し》ぬことができるぞ。ああ、日《ひ》が沈《しず》む。ずんずん沈《しず》む。待《ま》ってくれ、ゼウスよ。わたしは生《う》まれたときから正直《しょうじき》な男《おとこ》であった。正直《しょうじき》な男《おとこ》のままにして死《し》なせてください。

道《みち》いく人を(60)押《お》しのけ、はねとばし、メロスは黒《くろ》い風《かぜ》のように走《はし》った。野原《のはら》で酒宴《しゅえん》の、その宴席《えんせき》のまっただ中《なか》を駆《か》けぬけ、酒宴《しゅえん》の人《ひと》たちを(61)仰天《ぎょうてん》させ、犬《いぬ》をけとばし、小川《おがわ》をとびこえ、すこしずつ沈《しず》んでゆく太陽《たいよう》の、十倍も早《はや》く走《はし》った。一団《だん》の旅人《たびびと》とさっとすれちがった瞬間《しゅんかん》、不《ふ》吉《きっ》な会話《かいわ》を(62)小耳《こみみ》にはさんだ。

勇士。你不是又站起來跑了嗎？謝天謝地！我能夠做為正義之士而死啦！啊！太陽西沉。很快地沉落。宙斯啊！等一等！我從出生之後就是正直的男人，讓我作個正直的人死去吧！

推開、撥開路上的行人，梅樂斯好像旋風似的奔跑，穿過了正在原野上舉行的酒宴的宴席，使酒宴的人們大吃一驚。把狗踢到一旁，跳過小河，比一點點西沉的太陽快十倍地奔跑。他從一團旅行者身邊刷地擦肩而過的瞬間，無意中聽到了不吉祥的談話。

「いまごろは、あの男《おとこ》も、はりつけにかかっているよ。」

ああ、その男《おとこ》、その男のためにわたしは、いまこんなに走《はし》っているのだ。その男《おとこ》を死《し》なせてはならない。急《いそ》げ、メロス。おくれてはならぬ。愛《あい》と誠《まこと》の力《ちから》を、いまこそ知《し》らせてやるがよい。風体《ふうてい》なんかは、どうでもいい。メロスは、いまは、ほとんど全裸体《ぜんらたい》であった。呼吸《いき》もできず、二度《にど》、三度《さんど》、口《くち》から血《ち》がふきでた。見《み》える。はるかむこうに小《ちい》さく、シラクスの町の塔楼《とうろう》が見《み》える。塔楼《とうろう》は、夕日《ゆうひ》をうけてきらきら光《ひか》っている。

「ああ、メロスさま。」うめくような声《こえ》が、風《かぜ》とともにきこえた。

「這個時候，那個男人也正在處磔刑呢？」

啊！那個男人，爲了那個男人，我現在這樣地奔跑著。不能讓那個男人死掉。快！快！梅樂斯。慢的話是不行的。現在讓他知道愛和誠的力量好了，打扮之類的都無所謂了。梅樂斯，現在，幾乎一絲不掛，氣也喘不過來，從嘴裏吐出了兩、三次的血。看得到了。在遙遠的對面可以看得到小的希拉庫市城的塔樓，塔樓在夕陽光下閃閃發光。

「啊！梅樂斯先生。」隨風聽到了像是呻吟似的聲音。

「だれだ。」メロスは走《はし》りながらたずねた。

「フィロストラトスでございます。あなたのお友《とも》だちセリヌンティウスさまの弟子《でし》でございます。」その若《わか》い石工《いしく》も、メロスのあとについて走《はし》りながら叫《さけ》んだ。「もう、だめでございます。むだでございます。走《はし》るのは、やめてください。もう、あの方《かた》をお助《たす》けになることはできません。」

「いや、まだ日《ひ》は沈《しず》まぬ。」

「ちょうどいま、あの方《かた》が死刑《しけい》になるところです。ああ、あなたはおそかった。おうらみ申《もう》します。ほんのすこし、もうちょっとでも、早《はや》かったなら！」

「いや、まだ日《ひ》は沈《しず》まぬ。」メロスは胸《むね》の張《は》

「是誰？」梅樂斯一邊跑著一邊問著。

「我是非羅斯妥拉拓斯，是您的朋友薛利倫提屋斯的徒弟。」這個年輕的石匠也跟在梅樂斯的後面邊跑邊喊著說：「已經，不行了，沒有用了，請不用跑了，已經不能救他了。」

「不，太陽還沒有西沈。」

「就是現在，他正在被處死刑。啊！您太慢了。我怨您，要是稍微再早一點就好了！」

「不，太陽還沒有西沈。」梅樂斯悲痛

りさける思《おも》いで、赤《あか》く大《おお》きい夕日《ゆうひ》ばかりを見《み》つめていた。走《はし》るよりほかはない。

「やめてください。走《はし》るのは、やめてください。いまはご自分《じぶん》のお命《いのち》が大事《だいじ》です。あの方《かた》は、あなたを信《しん》じておりました。刑場《けいじょう》に引《ひ》きだされても、平気《へいき》でいました。王《おう》さまが、さんざんあの方《かた》をからかっても、メロスはきます、とだけ答《こた》え、強《つよ》い信念《しんねん》を持《も》ちつづけているようすでございました。」

「それだから、走《はし》るのだ。信《しん》じられているから走《はし》るのだ。まにあう、まにあわぬは問題《もんだい》でないのだ。人《ひと》の命《いのち》も問題《もんだい》でないのだ。わたしは、なんだか、もっと恐《おそ》ろしく大《おお》きいもののために走《はし》っているのだ。ついてこい！フィロストラト

、憤怒到達極點，只是凝視著又紅又大的夕陽，除了跑之外，別無他法。

「請停止吧！請不要跑了，現在你自己的生命是重要的。那位先生，相信您的。即使被拖到刑場也是不會介意的。縱然國王多方嘲笑他，他只回答說，梅樂斯會來的。懷著堅定不移的信心。」

「正因爲是這様所以奔跑，因爲被他信任所以奔跑。不是來得及來不及的問題。人的生命也不是問題。我總覺得是爲了更偉大得多的目標而奔跑著，跟我來！非羅斯妥拉拓斯。」

ス。」

「ああ、あなたは気《き》が狂《くる》ったか。それでは、うんと走《はし》るがいい。ひょっとしたら、まにあわぬものでもない。走《はし》るがいい。」

(63)いうにや及《およ》ぶ。まだ日《ひ》は沈《しず》まぬ。最後《さいご》の死《し》力《りょく》をつくして、メロスは走《はし》った。メロスの頭《あたま》は、からっぽだ。なに一《ひと》つ考《かんが》えていない。ただ、わけのわからぬ大《おお》きな力《ちから》にひきずられて走《はし》った。日《ひ》は、ゆらゆら地平線《ちへいせん》に没《ぼっ》し、まさに最後《さいご》の一片《ぺん》の残光《ざんこう》も、消《き》えようとしたとき、メロスは疾《しっ》風《ぷう》のごとく刑場《けいじょう》に突入《とつにゅう》した。まにあった。

「待《ま》て。その人《ひと》を殺《ころ》してはならぬ。メロスが帰《かえ》ってきた。約束《やくそく》のとおり、いま、帰《かえ》ってきた。」と大声《おおごえ》で刑場《けいじょう》の群衆《ぐんしゅう》にむかって叫《さけ》んだつもりで

「啊！你發瘋了嗎？那麼，加油地跑好了。說不定還來得及的。跑好了。」

不用說，太陽還沒下山。梅樂斯盡最後的努力奔跑著。梅樂斯的頭腦裏是空空的，什麼也沒想。只是，被不曉得理由的偉大力量托引著向前跑。太陽搖曳地沒入水平線，就在最後的餘輝也將要消失的時候，梅樂斯好像疾風似的闖進了刑場，趕上了。

「等一等！不能殺死那個人，梅樂斯回來了。照著約定，現在回來了。」他原來打算大聲地向刑場的群衆喊叫的，但是嗓子壞

あったが、のどがつぶれてしゃがれた声《こえ》がかすかにでたばかり、群衆《ぐんしゅう》は、㊹ひとりとしてかれの到着《とうちゃく》に気《き》がつかない。すでにはりつけの柱《はしら》が高だかと立《た》てられ、なわを打《う》たれたセリヌンテイウスは、じょじょにつりあげられてゆく。メロスはそれを目撃《もくげき》して最後《さいご》の勇《ゆう》、先刻《せんこく》、濁流《だくりゅう》を泳《およ》いだように群衆《ぐんしゅう》をかきわけ、かきわけ、

「わたしだ、刑吏《けいり》！殺《ころ》されるのは、わたしだ。メロスだ。かれを人質《ひとじち》にしたわたしは、ここにいる！」と、かすれた声《こえ》で精《せい》いっぱいに叫《さけ》びながら、ついにはりつけ台《だい》にのぼり、つりあげられてゆく友《とも》の両足《りょうあし》に、かじりついた。群衆《ぐんしゅう》は、どよめいた。㊺あっぱれ、ゆるせ、と口《くち》ぐちにわめいた。セリヌンティウスのなわは、ほどか

了，只是輕微地發出嘶啞的聲音而已。群衆一個也沒有注意到他的到來，磔刑的柱子已經高高地豎立著，被繩子綁著的薛利倫提屋斯，慢慢地被吊上去，梅樂斯目睹這情況，拿出最後的勇氣，像剛才在濁流中游泳似的用手撥開群衆。

「是我，執刑官！被殺的人是我。是梅樂斯。把他當人質的我，在這裏！」這樣地一邊用嘶啞的聲音竭力地叫喊著。一邊爬上了磔刑台，抱住了被往上吊的朋友的雙腳。群衆嘩然。紛紛地喊道，太好了，饒恕他吧！薛利倫提屋斯的繩子被解開了。

れたのである。

「セリヌンティウス。」メロスは目《め》に涙《なみだ》をうかべていった。

「わたしをなぐれ。力《ちから》いっぱいにほおをなぐれ。わたしは、途中《とちゅう》で一度《いちど》、悪《わる》い夢《ゆめ》を見《み》た。きみがもしわたしをなぐってくれなかったら、わたしはきみと抱擁《ほうよう》する資格《しかく》さえないのだ。なぐれ。」

セリヌンティウスは、すべてをさっしたようすでうなずき、刑場《けいじょう》いっぱいに鳴《な》りひびくほど音高《おとたか》くメロスの右《みぎ》ほおをなぐった。なぐってから優《やさ》しくほほえみ、

「メロス、わたしをなぐれ。同《おな》じくらい音高《おとたか》くわたしのほおをなぐれ。わたしはこの三日《みっか》の

「薛利倫提屋斯」梅樂斯眼中含著涙水說：

「打我吧！用力地打我的臉吧！我在中途做了一次惡夢。要是你不打我，我連和你擁抱的資格都沒有。打吧！」

薛利倫提屋斯像是聽明白似的點了頭，打了梅樂斯的右頰，聲音大得響徹整個刑場。打完了後，溫柔的微笑著說：

「梅樂斯，打我吧。同樣響亮的打我的臉吧！我在這三天期間只有一次稍微懷疑了

あいだ、たった一度《ど》だけ、ちらときみをうたがった。生《う》まれて、はじめてきみをうたがった。きみがわたしをなぐってくれなければ、わたしはきみと抱擁《ほうよう》できない。」

メロスは腕《うで》にうなりをつけてセリヌンティウスのほおをなぐった。

「ありがとう、友《とも》よ。」ふたり同時《どうじ》にいい、ひしと抱《だ》きあい、それからうれし泣《な》きにおいおい声《こえ》をはなって泣《な》いた。

群衆《ぐんしゅう》の中《なか》からも、⑯すすりなきの声《こえ》がきこえた。暴君《ぼうくん》ディオニスは、群衆《ぐんしゅう》の背後《はいご》からふたりのさまを、まじまじと見《み》つめていたが、やがて静《しず》かにふたりに近《ちか》づき、顔《かお》をあからめて、こういった。

一下，生來第一次懷疑了你。要是你不打我，我不能和你擁抱。」

梅樂斯在胳膊上用了力打了薛利倫提屋斯的臉。

「謝謝！朋友。」兩個人同時說，緊緊地抱在一起，然後高興得嗚嗚放聲哭起來。

從群衆之中也可聽到啜泣聲。暴君蒂奧尼斯從群衆的背後目不轉睛地注視著兩個人的情形。不久，靜靜地到兩人身旁，紅著臉，如此地說：

「おまえらの望《のぞ》みはかなったぞ。おまえらは、わしの心《こころ》に勝《か》ったのだ。信実《しんじつ》とは、けっして空虚《くうきょ》な妄想《もうそう》ではなかった。どうか、わしも仲間《なかま》にいれてくれまいか。どうか、わしの願《ねが》いをききいれて、おまえらの仲間《なかま》のひとりにしてほしい。」

どっと群衆《ぐんしゅう》のあいだに、歓声《かんせい》が起《お》こった。

「万歳《ばんざい》、王《おう》さま万歳《ばんざい》。」

ひとりの少女《しょうじょ》が、緋《ひ》の㊼マントをメロスにささげた。メロスは、㊽まごついた。

よき友《とも》は、気《き》をきかせて教《おし》えてやった。

「メロス、きみは、㊾まっぱだかじゃないか。早《はや》くそのマントを着《き》るがいい。このかわいいむすめさんは、メロスの裸体《らたい》を、みんなに見《み》られるのが、たまらなくくやしいのだ。」

「你們的願望實現了！你們戰勝了我的心。所謂信實，絕不是空虛的妄想。請讓我也加入你們的一伙吧！請答應我的請求，我希望成爲你們伙伴中的一位。」

群衆之間哄然地響起了歡呼聲。

「萬歲！國王萬歲！」

一個少女把緋紅的斗篷送給了梅樂斯。

梅樂斯不知如何是好。

好朋友機敏地教了他。

「梅樂斯，你不是赤身露體嗎？趕快把那斗篷穿上好了。這個可愛的小姐，是爲了梅樂斯的裸體被大家所看見而非常的遺憾。」

勇者《ゆうしゃ》は、ひどく⑦⓪赤面《せきめん》した。

勇士非常的難爲情。

（偕成社）

【註釋】

1.シラクス：在意大利的南端，地中海西西里島東南海岸上的城市。
2.内気な妹：羞怯的妹妹。
3.律気：忠實。耿直。
4.まぢか：（表示時間或空間）距離很近。
5.竹馬の友：幼年時代的朋友。青梅竹馬的朋友。
6.ひっそり：寂靜。鴉雀無聲。
7.やけに寂しい：過分寂靜。鴉雀無聲。
8.あたりをはばかる：對周圍有所顧忌。
9.悪心をいだいている：懷着歹意。不懷好心。
10.世継ぎ：繼承人。
11.乱心：精神失常。發瘋。
12.こばめば：要是拒絕的話。
13.わるびれず：不膽怯。
14.ため息をつく：嘆了一口氣。
15.だって：でも。
16.見えすいてならぬ：完全看透了。
17.うぬぼれる：驕傲自滿。
18.死ぬる：文語文「死ぬ」的連體形。
19.亭主：丈夫。主人。

20.とんでもないうそを言うわい：「とんでもないうそ意思是彌天大謊。」「わい是老人用語表示輕蔑意思是啊！呀！」

21.いいはる：固持己見。堅持說。

22.無二の友人：唯一的朋友。最好的朋友。

23.ほくそえむ：暗自歡喜。暗自高興。

24.生意気：傲慢。自大。

25.身がわり：代替。替身。替人。

26.気味がいい：令人愉快的。

27.それでよい：意思是這樣做就行了，不需要其他的。

28.一睡もせず：一點兒也沒睡。連眼也沒合上。

29.ま昼：中午。晌午。

30.ままならぬこと：事與願違。由不得自己。

31.ごめんこうむって：得（您）的許可。請原諒。

32.おたがいさま：彼此彼此。彼此一樣。

33.たち去り：離開。

34.南無三：「南無三宝」的省略說法。意思是天呀！糟了！

35.まにあう：來得及。趕得上。

36.ゆうゆう：從容不迫。不慌不忙。

37.さらば：文章用語，相當於さよなら。

38.もはや：已經。

39.もちまえ：天生。

40.立ちすくむ：（因恐懼）而呆立不動。

41.ゼウス：希臘神話中的最高神—宙斯神。

42.せせら笑う：嘲笑。冷笑。

43.ますます：越發。

44.獅子奮迅：勇猛奮鬥的獅子。猛烈突擊的獅子。

45.つつも：表示與某種動作反復進行的同時但又發生另外或相反的情況。

46.どっこい：慢著。慢來。

47.ものもいわず：話也沒說。

48.おりから：正當那時。

49.まもと：正面。

50.膝を折る：屈膝（跪下）。

51.韋駄天：佛經中的「韋陀」（以善跑著名）。轉意爲跑得快的人。飛毛腿。

52.希代：稀世。稀奇。罕見。少有。

53.思うつぼ：如同所想（所策畫）的那樣。正中下懷。

54.前進かなわぬ：前進することができない＝不能前進。

55.お目にかけたい：願意給人看。

56.耳うち：耳語。

57.ひとり合点：自以爲明白。自作聰明。

58.やんぬるかな：文語文。相等於「もうおしまいだ」＝一切完了。萬事休矣。

59.わずかながら：雖然很少。

60.押しのける：推開。

61.仰天：非常吃驚。

62.小耳にはさむ：無意中聽到。

63.いうにや及ぶ：文語文的表現法。意思是不待言。不用說。

64.ひとりとして……気がつかない：沒有一個

人注意到……。

65.あっぱれ：值得佩服。眞好。

66.すすりなきの声：抽泣聲。

67.マント：斗篷。

68.まごつく：張惶失措。

69.まっぱだか：赤身露體。赤裸精光。

70.赤面：難爲情。臉紅。

太宰 治

明治四十二年（一九〇九）～昭和二十三年（一九四八）。小說家。本名：津島修治。青森縣人。昭和五年（一九三〇）年進入東京帝國大學法文系，中途退學。

太宰治從學生時代開始寫小說。在昭和十年發表了短篇小說『逆行』，成爲日本第一屆芥川獎的候選作品，奠定了他在新進作家的地位。他在許多作品中寫的大都是個人的生活體驗事實，像想進報社但考試不及格、自殺未遂、因手術發生問題而病危、長期服藥而中毒、進精神病院等等。

太宰治的文學活動最重要的時期是在戰後。他被稱爲「新戲作派」。這一派的作家並非一個集團，他們自稱人的美和眞實由於沾染了俗世灰塵而被深深埋藏者，必須加以拯救，但是他們不正面去寫時代，而在作品中進行諷刺、挖苦、評擊，因和江戶時代的戲作者有相同之處，因此被稱爲「新戲作家」。

主要的作品有：

〔逆行〕・〔道化の華〕（昭和十年發表）〔晚年〕（昭和十一年刊行）〔富嶽百景〕

・〔女生徒〕（昭和十四年發表）〔駈込み訴へ〕・〔走れメロス〕（昭和十五年發表）〔東京八景〕・〔新ハムレット〕（昭和十六年發表）〔右大臣実朝〕（昭和十八年發表）〔ヴィヨンの妻〕・〔斜陽〕（昭和二十二年發表）〔如是我聞〕・〔人間失格〕（昭和二十三年發表〕

太宰治《だざいおさむ》——東京三鷹《みたか》玉川《たまがわ》上水《じょうすい》のほとりにて（昭和二二年冬）

山椒魚《さんしょううお》

井伏鱒二《いぶせますじ》

山椒魚《さんしょううお》は悲《かな》しんだ。

かれはかれのすみかである岩屋《いわや》から外《そと》へ出《で》てみようとしたのであるが、頭《あたま》が出口《でぐち》に①つかえて外《そと》に出《で》ることができなかったのである。いまは②もはや、かれにとって永遠《えいえん》のすみかである岩屋《いわや》は、出入《でい》り口《ぐち》のところがそんなにせまかった。そして、ほの暗《ぐら》かった。③しいて出《で》て行《い》こうとこころみると、かれの頭《あたま》は出入《でい》り口《ぐち》を④ふさぐ⑤コロップの栓《せん》となるにすぎなくて、それはまる二年《にねん》のあいだにかれのからだが発育《はついく》した

山椒魚

井伏鱒二

山椒魚悲傷了。

牠試圖從牠棲身之處的石洞到外面去看看，可是頭部卡在出口，不能出去。對牠來說現在已經是牠永遠棲身之處的石洞，出入口之處却是那樣地狹窄，而且微暗。勉強試著出去時，牠的頭部只是變成一個軟木塞堵住出入口而已。那雖然是整整兩年間牠的身體發育的證據，然而却足以使牠狼狽和悲傷。

証拠《しょうこ》にこそはなったが、かれをろうばいさせかつ悲《かな》しませるにはじゅうぶんであったのだ。

「⑥なんたる失策《しっさく》であることか！」

かれは岩屋《いわや》のなかを⑦許《ゆる》されるかぎり広く泳《およ》ぎまわってみようとした。人《ひと》びとは⑧思《おも》いぞ屈《くっ》せし場合《ばあい》、へやのなかをしばしばこんなぐあいに歩《ある》きまわるものである。けれど山椒魚《さんしょううお》のすみかは、泳《およ》ぎまわるべくあまりに広くなかった。かれはからだを前後左右《ぜんごさゆう》に動《うご》かすことができただけである。その結果《けっか》、岩屋《いわや》の壁《かべ》は⑨水《みず》あかに⑩まみれて⑪なめらかに感触《かんしょく》され、かれはかれ自身《じしん》の背中《せなか》やしっぽや腹《はら》に、ついにこけがはえてしまったと信《しん》じた。かれは深《ふか》い嘆息《たんそく》を⑫もらしたが、あたかも一つの決心《けっしん》がついたかのごと

「多麼的失策啊！」

牠在石洞裏試著盡可能地繞大圈游來游去。人們在心情煩悶時也往往像這樣在房間裏踱來踱去。可是山椒魚的棲身之處，從游來游去的角度來看是不太寬敞的。牠只能把身體前後左右的擺動而已。結果，石洞的石壁滿是水銹，摸起來滑滑的。牠相信自己的背部、尾巴、腹部也終於生了青苔了。牠深深地嘆了一口氣，宛如下定了決心似的自言自語說：

くつぶやいた。

「⑬いよいよ出られないというならば、おれにも相当《そうとう》な考《かんが》えがあるんだ。」

しかし、かれになに一《ひと》つとしてうまい考《かんが》えがある道理《どうり》はなかったのである。

岩屋《いわや》の天《てん》じょうには、⑭杉《すぎ》ごけと⑮銭《ぜに》ごけとが密生《みっせい》して、銭《ぜに》ごけは緑色《みどりいろ》のうろこでもって地《じ》所《しょ》とり（小児《しょうに》の遊戯《ゆうぎ》の一種《しゅ》）の形式《けいしき》で繁殖《はんしょく》し、杉《すぎ》ごけはもっとも細《ほそ》くかつ紅色《べにいろ》の花柄《かへい》の先端《せんたん》に、かれんな花《はな》を咲《さ》かせた。⑯かれんな花《はな》はかれんな実《み》を結《むす》び、それは隠花植物《いんかしょくぶつ》の種子散布《しゅしさんぷ》の法則《ほうそく》どおり、まもなく花粉《かふん》を散《ち》らしはじめた。

山椒魚《さんしょううお》は、杉《すぎ》ごけや銭《ぜに》ごけをながめることを

「果眞出不去的話，我也有相當的主意。」

可是，牠當然是連一個好的主意也想不出來的。

石洞的頂棚上，生滿了土馬鬃和地錢，地錢用它綠色的好像佔地盤（一種兒童遊戲）似的形式繁殖。土馬鬃在最細，而且紅色的花柄尖端，開出可愛的花，可愛的花結可愛的果，它照著隱花植物散播種子的法則，不久，散播起花粉來了。

山椒魚不喜歡眺望馬土鬃和地錢。倒不

好《この》まなかった。むしろそれらをうとんじさえした。杉《すぎ》ごけの花粉《かふん》はしきりに岩屋《いわや》のなかの水面《すいめん》に散《ち》ったので、かれは自分《じぶん》のすみかの水《みず》がよごれてしまうと信《しん》じたからである。あまつさえ岩《いわ》や天《てん》じょうのくぼみには、一群《ひとむ》れずつのかびさえもはえた。かびはなんとおろかな習性《しゅうせい》を持《も》っていたことであろう。つねに消《き》えたりはえたりして、絶対《ぜったい》に繁殖《はんしょく》していこうとする意志《いし》はないかのようであった。山椒魚《さんしょううお》は岩屋《いわや》の出入《でい》り口《ぐち》に顔《かお》をくっつけて、岩屋《いわや》の外《そと》の光景《こうけい》をながめることを好《この》んだのである。ほの暗《ぐら》い場所《ばしょ》から明《あか》るい場《ば》所《しょ》をのぞき見《み》することは、これは興味深《きょうみぶか》いことではないか。そして小《ちい》さな窓《まど》からのぞき見《み》するときほど、つねにおおくのものを見《み》ることはで

如說甚至在疏遠它們。因爲土馬鬃的花粉再三地散落到石洞裏的水面，所以牠相信自己的棲身之處的水汚濁了。而且，連岩石及頂棚的低窪處也長出了一塊塊的黴菌。黴菌有著多麼愚笨的習性啊！經常是時生時滅，好像是沒有絕對地繁殖下去的意志。山椒魚喜歡把臉緊近著石洞的出入口，眺望著石洞外面的景象。從昏暗的場所窺視明亮場所，這不是很有趣味的嗎？而且沒有比從小的窗口窺視時可以看到更多的東西。

きないのである。

谷川《たにがわ》というものは、⑰めちゃくちゃな急流《きゅうりゅう》となって流《なが》れ去《さ》ったり、意外《いがい》なところで大《おお》きな⑱よどみをつくっているものらしい。山椒魚《さんしょううお》は岩《いわ》屋《や》の出入《でい》り口《ぐち》から、谷川《たにがわ》の大《おお》きなよどみをながめることができた。そこでは水底《みずそこ》にはえた一《ひと》むらの藻《も》が朗《ほが》らかな発育《はついく》をとげて、一本《いっぽん》ずつの細《ほそ》い茎《くき》でもって水底《みずそこ》から水面《すいめん》まで一直線《いっちょくせん》に伸《の》びていた。そして水面《すいめん》に達《たっ》すると突然《とつぜん》その発育《はついく》を中《ちゅう》止《し》して、水面《すいめん》から空中《くうちゅう》に藻《も》の花《はな》をのぞかせているのである。多《おお》くの⑲めだかたちは、藻《も》の茎《くき》のあいだを泳《およ》ぎぬけることを好《この》んだらしく、かれらは茎《くき》の林《はやし》のなかに群《む》れをつくって、たがいに流《なが》れに押《お》し流《なが》されまいと努力《どりょく》した。そしてかれ

所謂的溪流，有時好像是變成了雜亂湍急的激流而流去，有時好像是在意想不到的地方形成了巨大的淤水處。山椒魚可以從石洞的出入口眺望溪流的大的淤水處。在那裏有一叢生於水底的水草發育得很好，以一隻隻的細莖從水底一直伸到水面。而一到達水面就突然中止發育，而把水草的花從水面露出到空中。許多鱂魚們好像喜歡在水草莖之間穿游著的樣子，牠們在莖林中成群結隊，互相努力不讓流水給沖走。而牠們的一群有時向右搖晃，有時向左搖晃，牠們之中要是有一隻錯誤地向左邊搖晃的話，那麼另外的許多鱂魚就不甘落後地一齊向左邊搖晃過去

らの一群《ひとむ》れは右《みぎ》に⑳よろめいたり左《ひだり》によろめいたりして、かれらのうちのある一《いっ》ぴきがあやまって左《ひだり》によろめくと、他《た》のおおくのものは他《た》のものにおくれまいとしていっせいに左《ひだり》によろめいた。もしある一《いっ》ぴきが藻《も》の茎《くき》にじゃまされて右《みぎ》によろめかなければならなかったとすれば、他《た》のおおくの小《こ》ざかなたちはことごとく、㉑ここを先途《せんど》と右《みぎ》によろめいた。それゆえ、かれらのうちのある一ぴきだけが、他《た》のおおくの仲間《なかま》から自由《じゆう》に遁走《とんそう》してゆくことははなはだ困難《こんなん》であるらしかった。

山椒魚《さんしょううお》はこれらの小《こ》ざかなたちをながめながら、かれらを嘲笑《ちょうしょう》してしまった。

「なんという不自由千万《ふじゆうせんばん》なやつらであろう！」

。假使有一條鱂魚被水草莖擋住去處不得不向右邊搖晃，另外的許多的小魚們就趕緊向右邊搖晃。因此，在牠們之中的只有某一隻，要從牠們的許多同伴之間自由逃遁，好像是非常困難的。

山椒魚一邊眺望著這些小魚，一邊嘲笑牠們。

「多麼不自由自在的傢伙啊！」

よどみの水面《すいめん》はたえず緩慢《かんまん》なうずを描《えが》いていた。それは水面《すいめん》に散《ち》った一片《いっぺん》の白《しろ》い花弁《かべん》によって証明《しょうめい》できるであろう。白《しろ》い花弁《かべん》はよどみの水面《すいめん》に広く円周《えんしゅう》を描《えが》きながら、その円周《えんしゅう》をしだいに小《ちい》さくしていった。そして速力《そくりょく》をはやめた。最後《さいご》に、きわめて小《ちい》さな円周《えんしゅう》を描《えが》いたが、その円周《えんしゅう》の中心点《ちゅうしんてん》において、花弁自体《かべんじたい》は水《みず》のなかに吸《す》いこまれてしまった。

山椒魚《さんしょううお》は㉒いまにも目《め》がくらみそうだとつぶやいた。

ある夜《よる》、一《いっ》ぴきの小《こ》えびが岩屋《いわや》のなかへ㉓まぎれこんだ。この小動物《しょうどうぶつ》はいまや産卵期《さんらんき》の㉔まったなかにあるらしく、透明《とうめい》な腹部《ふくぶ》いっぱい

淤水處的表面不斷地出現著緩慢的漩渦。那是由散落到水面的一片白色的花瓣而可以證明。白花瓣一邊在淤水處的水面畫著很大的圓周，一邊漸漸地把圓周縮小，並且加快了速度。最後，畫了一個極小的圓周，花瓣本身就在這圓周的中心點被吸入於水中了。

山椒魚自言自語的說：差一點眼睛就要昏花了。

有天晚上，一隻小蝦混進了石洞裏，這隻小動物現在似乎正當是產卵期，透明的腹部擁滿了恰似麻雀的稗草的種子似的卵，緊

に㉕あたかもすずめのひえ草《くさ》の種子《しゅし》に似《に》た卵《たまご》をかかえて、岩壁《がんぺき》に㉖すがりついた。そうして細《ほそ》長《なが》いその終《お》わりを見《み》とどけることができないように消《き》えている触手《しょくしゅ》をふり動《うご》かしていたが、㉗いかなる了見《りょうけん》であるかかれは岩壁《がんぺき》から㉘とびのき、二三回《にさんかい》ほど㉙たくみな宙返《ちゅうがえ》りをこころみて、こんどは山椒魚《さんしょううお》の横《よこ》っ腹《ばら》にすがりついた。

山椒魚《さんしょううお》は小《こ》えびがそこでなにをしているのか、ふりむいて見《み》てやりたい衝動《しょうどう》を覚《おぼ》えたが、かれはがまんした。ほんのすこしでもかれがからだを動《うご》かせば、この小動物《しょうどうぶつ》は驚《おどろ》いて逃《に》げ去《さ》ってしまったであろう。

「だが、このみもちの虫《むし》けら同然《どうぜん》のやつは、いったいここでなにをしているのだろう?」

靠在岩壁。而牠一直在擺動著牠那細長的細得難以見到末梢的觸角。不知是什麼用意，牠從岩壁閃開，試著巧妙地翻了兩三個筋斗，這回緊緊地依靠著山椒魚的腰窩。

山椒魚感到有股想回過頭去看看小蝦在那裏做什麼的衝動，可是牠忍住了。因爲即使牠稍微讓身體動一下的話，這隻小動物就會驚慌而逃掉。

「但是，這隻懷孕的像螻蟻一樣的傢伙究竟在這裏做什麼呢？」

この一《いっ》ぴきのえびは山椒魚《さんしょうお》の横腹《よこばら》を岩石《がんせき》だと思《おも》いこんで、そこに卵《たまご》を産《う》みつけていたのに相《そう》違《い》ない。㉚さもなければ、なにか一生《いっしょう》けんめいに物思《ものおも》いにふけっていたのであろう。

山椒魚《さんしょうお》は得意《とくい》げにいった。

「㉛くったくしたり㉜物思《ものおも》いにふけったりするやつは、ばかだよ。」

かれはどうしても岩屋《いわや》の外《そと》に出《で》なくてはならないと決心《けっしん》した。いつまでも考《かんが》えこんでいるほどおろかなことはないではないか。いまは冗談《じょうだん》ごとの場合《ばあい》ではないのである。

かれは全身《ぜんしん》の力《ちから》をこめて岩屋《いわや》の出口《でぐち》に突進《とっしん》した。けれどかれの頭《あたま》は出口《でぐち》の穴《あな》につかえて、そこにきびしくコロップの栓《せん》をつめる結果《けっか》に終《お》わ

這一隻的小蝦子一定是確信山椒魚的腰窩是岩石，把卵產在那兒。不然的話，牠是在拚命地沈思著什麼吧！

山椒魚得意洋洋的說：

「有時操心，有時鬱鬱不樂的人，是傻瓜呀！」

牠決心無論如何非走出石洞是不可。恐怕沒有比永遠沉思更愚笨的了。現在不是開玩笑的時候。

牠集中全身的力量衝向石洞的出口。但是牠的頭部卡在出口的洞穴上，結果竟等於在洞口上安了一個軟木塞，所以爲了拔這個

ってしまった。それゆえ、コロップを抜《ぬ》くためには、かれはふたたび全身《ぜんしん》の力《ちから》をこめて、うしろに身《み》をひかなければならなかったのである。

　この騒《さわ》ぎのため、岩屋《いわや》のなかではおびただしく水がにごり、小えびのろうばいといっては㉝並《な》みたいていではなかった。けれど小《こ》えびは、かれが岩石《がんせき》であろうと信《しん》じていたこん棒《ぼう》の一端《たん》がいきなりコロップの栓《せん》となったり抜《ぬ》けたりした光景《こうけい》に、ひどく失笑《しっしょう》してしまった。まったくえびくらいにごった水のなかでよく笑《わら》う生物《せいぶつ》はいないのである。

　山椒魚《さんしょううお》はふたたびこころみた。それはふたたび徒労《とろう》に終《お》わった。なんとしてもかれの頭《あたま》は穴《あな》

軟木塞，牠又必須集中全身的力量把身體往後退。

　由於這個騷鬧石洞裏的水異常混濁。至於小蝦的狼狽那就非同尋常了。但是，小蝦看到了自己當作岩石的那根棍棒的一端突然變成軟木塞安在洞口上，突然又從洞口拔了下來，牠爲這情景而忍不住失聲大笑了，再沒有比蝦更愛在濁水中發笑的生物了。

　山椒魚又試了一次，結果又是白費力氣了。無論如何也是牠的頭部卡在洞穴上。

につかえたのである。

かれの目《め》から涙《なみだ》がながれた。

「ああ神《かみ》さま！あなたはなさけないことをなさいます。たった二《に》年間《ねんかん》ほどわたしがうっかりしていたのに、その罰《ばつ》として、一生涯《いっしょうがい》この穴《あな》ぐらにわたしをとじこめてしまうとは横暴《おうぼう》であります。わたしはいまにも㉞気《き》が狂《くる》いそうです。」

諸君《しょくん》は、発狂《はっきょう》した山椒魚《さんしょううお》を見たことはないであろうが、この山椒魚《さんしょうお》にいくらかその傾向《けいこう》がなかったとはだれがいえよう。諸君《しょくん》は、この山椒《さんしょう》魚《うお》を嘲笑《ちょうしょう》してはいけない。すでにかれがあきるほど暗黒《あんこく》の浴槽《よくそう》につかりすぎて、もはやがまんがならないでいるのを、了解《りょうかい》してやらなければならない。いかなる瘋癲病者《ふうてんびょうしゃ》も、自分《じぶん》の幽閉《ゆうへい》さ

從牠的眼睛流出了淚水。

「啊！神啊！你做了無情的事！我只不過疏忽了兩年的期間，做爲懲罰，要是一輩子把我關在這個洞穴裏，是蠻橫的，我馬上就要發瘋了。」

諸君，沒有看過發狂的山椒魚吧！但又有誰能說這條山椒魚不是多少有一點要發狂的傾向呢？諸君不可嘲笑這條山椒魚。因爲，牠已經在黑暗的浴池裏泡得太久已經耐不住了。所以必須諒解牠。任何一位瘋癲病人不是不時地期望能從囚禁自己的房間裏獲得解放嗎？就連那孤僻的囚犯不是也有同樣的

れているへやから解放《かいほう》してもらいたいとたえず願《ねが》っているではないか。もっとも㉟人間《にんげん》ぎらいな囚人《しゅうじん》でさえも、これと同《おな》じことを欲《ほっ》しているではないか。

「ああ神《かみ》さま、どうしてわたしだけがこんなに㊱やくざな㊲身《み》の上《うえ》でなければならないのです？」

岩屋《いわや》の外《そと》では、水面《すいめん》に大小《だいしょう》二ひきの㊳水《みず》すましが遊《あそ》んでいた。かれらは㊴小《しょう》なるものが大《だい》なるものの背中《せなか》に㊵乗《の》っかり、かれらは㊶唐突《とうとつ》なかえるの出現《しゅつげん》に驚《おどろ》かされて、直線《ちょくせん》をでたらめに㊷折《お》りまげた形《かたち》に逃《に》げまわった。かえるは水底《みずそこ》から水面《すいめん》にむかって勢《いきお》いよく㊸律《りつ》をつくって突《とつ》進《しん》したが、その三角形《さんかくけい》の鼻先《はなさき》を空中《くうちゅう》にあらわす

欲望嗎？

「啊！神啊！爲什麼只有我非做這種無用的廢物不可呢？」

在石洞外，有大小兩隻的豉蟲在水面上遊玩著。小的騎在大的背上，牠們因爲青蛙的突然出現而驚異，胡亂地繞著彎到處跑。青蛙很有衝勁地、很有節奏地從水底衝向水面。牠那三角形的鼻頭剛一伸到空中，又再衝向水底。

と、水底《みずそこ》にむかってふたたび突進《とっしん》したのである。
山椒魚《さんしょううお》はこれらの活発《かっぱつ》な動作《どうさ》と光景《こうけい》とを感激《かんげき》の瞳《ひとみ》でながめていたが、やがてかれは自分《じぶん》を感《かん》動《どう》させるものから、むしろ目《め》をさけたほうがいいということに気《き》がついた。かれは目《め》をとじてみた。悲《かな》しかった。かれはかれ自身《じしん》のことをたとえばブリキの切《き》りくずであると思《おも》ったのである。

㊹だれしも自分自身《じぶんじしん》をあまりおろかなことばでたとえてみることは好《この》まないであろう。ただ不幸《ふこう》にその心《こころ》をかきむしられるもののみが、自《じ》分自身《ぶんじしん》はブリキの切《き》りくずだなどと考《かんが》えてみる。たしかにかれらは深《ふか》くふところ手《で》をして物思《ものおも》いにふけったり、手《て》ににじんだ汗《あせ》をチョッキの胴《どう》

山椒魚用牠那雙激動的眼睛眺望著這些活潑的動作和情景，不久，發覺到自己還是目光避開那些使自己感動的東西比較好。牠試著閉上眼，悲傷了。牠想把自己比作馬口鐵的碎屑。

誰也不喜歡用太愚笨的語言來比喻自己吧！只要被不幸弄得心如刀割的人，才會把自己比作馬口鐵的碎屑。的確，牠們有時沈思，鬱鬱不樂，有時在背心上擦拭手裏滲出的汗，沒有人會像牠們那樣愛做各自喜歡做的姿勢。

でぬぐったりして、かれらほどおのおの好《この》みのままのかっこうをしがちなものはないのである。

山椒魚《さんしょううお》はとじたまぶたを開《ひら》こうとしなかった。㊺なんとなれば、かれにはまぶたを開《ひら》いたりとじたりする自由《じゆう》と、その可能《かのう》とがあたえられていただけであったからなのだ。

その結果《けっか》、かれのまぶたのなかでは、いかに合点《がてん》のゆかないことが生《しょう》じたではなかったか！目《め》をとじるという㊻単《たん》なる形式《けいしき》が、巨大《きょだい》な暗《くら》やみを決定《けってい》してみせたのである。その暗《くら》やみは際《さい》限《げん》もなくひろがった深淵《しんえん》であった。だれしもこの深淵《しんえん》の深《ふか》さや広《ひろ》さを㊼いいあてることはできないであろう。

——どうか諸君《しょくん》にふたたびお願《ねが》いがある。山《さん》

山椒魚不想睜開閉著的眼睛。因爲，給與牠的只有睜開眼睛或閉上眼睛的自由和可能了。

結果，牠的眼皮裏產生了實在想不通的現象，閉上了眼睛這樣的簡單的形式，就決定了要出現巨大的黑暗。那個黑暗是無邊無際的深淵。誰也不能猜着這深淵有多大、多深。

——再一次的要請求諸位。請不要因爲

椒魚《しょうお》が㊽かかる常識《じょうしき》に没頭《ぼっとう》することを軽蔑《けいべつ》しないでいただきたい。牢獄《ろうごく》の見張《みは》り人《にん》といえども、よほど㊾気《き》むずかしいときでなくては、終身懲役《しゅうしんちょうえき》の囚人《しゅうじん》がいたずらに嘆息《たんそく》をもらしたからといってしかりつけはしない。

「ああ、寒《さむ》いほどひとりぼっちだ！」

注意深《ちゅういぶか》い心《こころ》の持《も》ち主《ぬし》であるならば、山椒魚《さんしょうお》のすすり泣《な》きの声が岩屋《いわや》の外《そと》にもれているのを聞《き》きのがしはしなかったであろう。

悲嘆《ひたん》にくれているものを、いつまでもその状態《じょうたい》に(59)おいとくのは、よしわるしである。山椒魚《さんしょううお》はよくない性質《せいしつ》を帯《お》びてきたらしかった。そしてある日《ひ》のこと、岩屋《いわや》の窓《まど》からまぎれこんだ

山椒魚埋頭於這種常識而瞧不起牠。縱令是監獄的看守，只要不是在他自己心情相當不和悅的時候，也決不會因爲被判無期徒刑的囚犯徒然地嘆息一聲而加以斥責的。

「啊！孤單得令人發冷啊！」

要是是個有心人的話，就不會聽不到傳到石洞外的山椒魚的啜泣聲。

讓悲嘆的人永遠處於同一狀態，有好也有壞。山椒魚好像帶有不良的天性。有一天，從石洞的窗口混進了一隻青蛙，山椒魚要牠不能出去。青蛙因爲山椒魚的頭部在石洞

一《いっ》ぴきのかえるを外《そと》に出ることができないようにした。かえるは山椒魚《さんしょううお》の頭《あたま》が岩屋《いわや》の窓《まど》にコロップの栓《せん》となったので、ろうばいのあまり岩壁《がんぺき》に51よじのぼり、天《てん》じょうにとびついて銭《ぜに》ごけのうろこにすがりついた。このかえるというのはよどみの水底《みずそこ》から水面《すいめん》に、水面《すいめん》から水底《みずそこ》に、勢《いきお》いよく往来《おうらい》して山椒魚《さんしょううお》をうらやましがらせたところのかえるである。あやまってすべり落《お》ちれば、そこには山椒魚《さんしょううお》の悪党《あくとう》が待《ま》っている。

山椒魚《さんしょううお》は相手《あいて》の動物《どうぶつ》を、自分《じぶん》と同《おな》じ状態《じょうたい》におくことのできるのが痛快《つうかい》であったのだ。

「一生涯《いっしょうがい》ここにとじこめてやる!」

悪党《あくとう》の呪《のろ》いことばはある期間《きかん》だけでも効験《こうけん》がある。かえるは注意深《ちゅういぶか》い足《あし》どりで52くぼみには

的窗口成了軟木塞，青蛙很狼狽，因而攀登到岩壁上，跳到頂棚上，緊靠著地錢。這隻青蛙就是很有衝勁的從淤水處的水底衝向水面，又從水面衝向水底，讓山椒魚羨慕的那隻青蛙。要是錯滑下來的話，在那兒有山椒魚這惡棍在等著的。

山椒魚能把對方的動物處於和自己相同的狀態而痛快。

「要把你一輩子關在這裏!」

惡棍的詛咒在某個期間是有効的。青蛙邁著謹愼的步伐進入了低窪處。而牠相信這

いった。そしてかれは、これでだいじょうぶだと信《しん》じたので、くぼみから顔《かお》だけあらわしてつぎのようにいった。

「おれは平気《へいき》だ！」

「出《で》てこい！」

と山椒魚《さんしょううお》はどなった。そうしてかれらははげしい口論《こうろん》をはじめたのである。

「出《で》て行《い》こうと行《い》くまいと、こちらのかってだ。」

「よろしい、いつまでもかってにしろ。」

「おまえはばかだ。」

「おまえはばかだ。」

かれらは、かかることばをいく度《ど》となくくり返《かえ》した。翌日《よくじつ》も、その翌日《よくじつ》も、同《おな》じことばで自《じ》

樣就不要緊了，所以從低處只露出臉孔來說：

「我不在乎！」

「出來！」

山椒魚大聲喊叫。於是牠們開始了激烈的爭論。

「出去不出去是我的自由。」

「好的，你就永遠自由吧！」

「你笨蛋！」

「你笨蛋！」

牠們不知把這些話重覆了多少遍。第二天、第三天，都用同樣的話來一直堅持自己

分《ぶん》を主張《しゅちょう》しとおしていたわけである。

一年《いちねん》の月日《つきひ》がすぎた。

初夏《しょか》の水や温度《おんど》は、岩屋《いわや》の囚人《しゅうじん》たちをして鉱《こう》物《ぶつ》から生物《せいぶつ》によみがえらせた。そこで二個《にこ》の生《せい》物《ぶつ》は、ことしの夏《なつ》いっぱいつぎのように口論《こうろん》しつづけたのである。山椒魚《さんしょううお》は岩屋《いわや》の外《そと》に出《で》て行《い》くべく頭《あたま》が肥大《ひだい》しすぎていたことを、すでに相《あい》手《て》に見《み》ぬかれてしまったらしい。

「おまえこそ頭《あたま》がつかえて、そこから出《で》て行《い》けないだろう?」

「おまえだって、そこから出《で》てはこれまい。」

「それならば、おまえから出《で》て行《い》ってみろ。」

「おまえこそ、そこからおりてこい。」


的主張。

一年的時光過去了。

初夏的水及溫度使石洞裏的囚犯們蘇醒了過來，從礦物變成了生物。在那兒的兩個生物，今年的整個夏天，繼續著如下的爭論。山椒魚頭部過於肥大，無法到石洞外面，好像已經被對方看穿了。

「你頭部卡住了，從那兒出不去吧！」

「就連你也不能從那兒出來吧！」

「要是那樣的話，你先出去看看！」

「你，從那兒下來吧！」

㊼さらに一年《いちねん》の月日《つきひ》がすぎた。二個《にこ》の鉱物《こうぶつ》は、ふたたび二個《にこ》の生物《せいぶつ》に変化《へんか》した。けれどかれらは、ことしの夏《なつ》はおたがいに黙《だま》りこんで、そしておたがいに自分《じぶん》の嘆息《たんそく》が相手《あいて》に聞《き》こえないように注意《ちゅうい》していたのである。

ところが山椒魚《さんしょううお》よりも先《さき》に、岩《いわ》のくぼみの相《あい》手《て》は、不注意《ふちゅうい》にも深《ふか》い嘆息《たんそく》をもらしてしまった。それは「ああああ」というもっとも小《ちい》さな風《かぜ》の音《おと》であった。去年《きょねん》と同《おな》じく、しきりに杉《すぎ》ごけの花粉《かふん》の散《ち》る光景《こうけい》がかれの嘆息《たんそく》をそそのかしたのである。

山椒魚《さんしょううお》がこれを聞《き》きのがす道理《どうり》はなかった。かれは上《うえ》のほうを見《み》あげ、かつ友情《ゆうじょう》を瞳《ひとみ》にこめてたずねた。

再過了一年的時光。兩個的礦物又變成了兩個生物。可是，今年的夏天，牠們相互地默不作聲，而且小心不讓對方聽到自己的嘆息。

但是，在岩石低窪處的對方，不小心地還是比山椒魚先長嘆了一聲。那是「啊！啊！」這樣的微風的聲音。和去年相同，是土馬鬃花粉頻頻地散落的情景引起了牠的嘆息。

山椒魚不可能聽不到這聲音。牠擡頭仰望，且眼裏含著友情而問道：

「おまえは、さっき大《おお》きな息《いき》をしたろう？」

相手《あいて》は自分《じぶん》を(54)鞭撻《べんたつ》して答えた。

「それがどうした？」

「そんな返事《へんじ》をする(55)な。もう、そこからおりてきてもよろしい。」

「空腹《くうふく》で動《うご》けない。」

「それでは、もうだめなようか？」

相手《あいて》は答《こた》えた。

「もうだめなようだ。」

よほどしばらくしてから山椒魚《さんしょううお》はたずねた。

「おまえはいま、どういうことを考《かんが》えているようなのだろうか？」

相手《あいて》はきわめて遠慮《えんりょ》がちに答《こた》えた。

「いまでもべつにおまえのことをおこっては

「你剛才嘆了一口大氣吧！」

對方激勵自己而回答。

「嘆氣又怎麼樣？」

「不要那樣地回答我。你已經可以從那兒下來了。」

「肚子餓，不能動了。」

「那麼，好像已經不行了吧！」

對方回答。

「好像已經不行了。」

過了好一會兒之後，山椒魚問道。

「你現在好像在想著什麼事吧！」

對方極爲客氣地回答。

「即使是現在，我也沒有怎樣的生你的

いないんだ。」、

（偕成社）

氣。」

【註釋】

1. つかえる：堵。塞。發生障碍。
2. もはや：已經。
3. しいて：強迫。勉強。
4. ふさぐ：塞。堵閉。
5. コロップの栓：軟木塞。
6. なんたる：（表示非常驚訝或慨嘆）多麼……呀。
7. 許されるかぎり：盡可能的。在可能範圍內。
8. 思いぞ屈せし場合：思い屈した時＝心情鬱悶時。
9. 水あか：水誘。硅藻。
10. まみれる：沾汚。
11. なめらか：滑溜。平滑。
12. もらす：流露。發洩。
13. いよいよ：果眞。
14. 杉ごけ：土馬鬃。
15. 銭ごけ：地錢。
16. かれん：可愛的。可憐的。
17. めちゃくちゃ：亂七八糟。七零八碎。
18. よどみ：淤水處。積水處。
19. めだか：鱂。
20. よろめく：搖搖晃晃。東倒西歪。

21.ここを失途と：以此爲關鍵的時刻‖ここを
失途として。
22いまにも：馬上。差一點。いまにも常和そ
うだ相呼應。
23.まぎれる：混入。混同。
24.まっただなか：正中央。正當中。正中間。
25.あたかも：恰似。
26.すがりくつ：纏住。抱住（不放）。
27.いかなる：什麼樣的。如何的。
28.とびのき：閃開。躲開。
29.たくみ：巧妙。
30.さもなければ：否則。不然的話。
31.くったく：操心。顧慮。
32.物思いにふける：鬱鬱不樂。思慮過度。
33.並みたいてい：普通。一般。並みたいてい
經常和否定相呼應。
34.気が狂う：發狂。發瘋。
35.人間ぎらい：不與人往來。孤僻。
36.やくざ：廢物。無正當職業。
37.身の上：境遇。命運。
38.水すまし：豉蟲。
39.小なるものが：なる是文語斷定助動詞。‖
小さなものが。小的豉蟲。
40.乗っかる：是乗る的東京方言。乘。坐。搭
。騎。
41.唐突：突然。
42.折りまげる：使……彎曲。把……弄彎。
43.律：節奏。

44.だれしも：しも是文語助詞。這句相等於「だれも」。

45.なんとなれば：因爲。‖なぜかというと。

46.単なる：僅僅。只。‖ただの。

47.いいあてる：猜着。猜中。說對。

48.かかる：文語文的連體詞相等於「こんな」、「こういう」。

49.気むずかしい：不和悅的。難以取悅的。

50.おいとく：置いておく的約音。放置著。

51.よじのぼる：爬上。攀登。

52.くぼみ：坑窪。凹處。

53.さらに：再。重新。

54.鞭撻：鞭撻。鼓勵。督促。

55.な：表示禁止。

井伏鱒二

明治三十一年二月十五日（一八九八）～平成五年（一九九三）。生於廣島縣深安郡加茂村。小說家。本名満寿二《ますじ》。大正八年（一九一九）進入早稻田大學文學部法文學系。大正十一年（一九二二）退學。

井伏鱒二於大正十二年（一九二三）在同人雜誌「世紀」上發表處女作『幽閉』後經修改後改名爲『山椒魚』於一九二九年再發表於「文藝都市」。等到『ジョン万次郎漂流記』獲得直木獎後，他的文章就名符其實趨向成熟了。在太平洋戰爭期間應征作隨軍記者，到過南洋各地，戰爭的體驗給他的作品帶來了新生面。先後獲得了直木獎、第一回讀賣文學獎、藝術院獎、野間文藝獎等。

井伏鱒二屬於新興藝術派。但他的作品在內容上和形式上均富有庶民性，善於通過市井生活，描寫人情世態，善於運用平易的文章表達。風格幽默、憐憫、哀愁、詼諧，饒有寓意，發人深思。

主要的作品有：

〔夜ふけと梅の花〕（大正十四年發表）〔鯉〕（大正十五年發表）〔屋根の上のサワン〕・〔朽助のいる谷間〕（昭和四年發表）〔さざなみ軍記〕・〔休憩時間〕・〔悪い仲間〕（昭和五年發表）〔丹下氏邸〕（昭和六年發表）〔ジョン万次郎漂流記〕（昭和十二年刊行・獲直木獎）〔多甚古村〕（昭和十五年）〔追剝の話〕（昭和二十一年發表）〔本日休診〕（昭和二十四年發表・獲第一回讀賣文學獎）〔遙拝隊長〕（昭和二十五年發表）〔漂民宇三郎（後改名『白鳥の歌』）〕（昭和二十九年發表，獲藝術院獎）〔姪の結婚（後改名『黒い雨』）〕（昭和四十年發表，獲第十九回野間文藝獎）

井伏鱒二《いぶせますじ》——東京杉並区《すぎなみく》清水町《しみずちょう》の自宅《じたく》にて（昭和四四年冬）

蠅《はえ》

横《よこ》光《みつ》利《り》一《いち》

一

真夏《まなつ》の①宿場《しゅくば》は空虚《くうきょ》であった。ただ眼《め》の大《おお》きな一疋《いっぴき》の蠅《はえ》だけは、薄暗《うすぐら》い②厩《うまや》の隅《すみ》の蜘蛛《くも》の網《あみ》にひっかかると、後肢《あとあし》で網《あみ》を跳《は》ねつつ暫《しばら》く③ぶらぶらと揺《ゆ》れていた。と、豆《まめ》のように④ぽたりと落《お》ちた。そうして、馬糞《ばふん》の重《おも》みに斜《なな》めに⑤突《つ》き立《た》っている藁《わら》の端《はし》から、裸体《はだか》にされた馬《うま》の背中《なか》まで這《は》い上《あが》った。

二

蒼蠅

横光利一

一

盛夏的驛站是空虛的。只有一隻大眼睛的蒼蠅，掛在昏暗的馬棚角落的蜘蛛網上。用後脚彈著蜘蛛網晃蕩著一會兒之後，像豆似的巴噠地掉了下來。而後從被馬糞壓得斜立著的麥桿的一邊，爬上了沒安裝馬鞍的馬背上。

二

馬《うま》は一条《いちじょう》の枯草《かれくさ》を奥歯《おくば》にひっ掛《か》けたまま、⑥猫背《ねこぜ》の老《お》いた⑦馭者《ぎょしゃ》の姿《すがた》を捜《さが》している。

馭者《ぎょしゃ》は宿場《しゅくば》の横《よこ》の饅頭屋《まんじゅうや》の店頭《てんとう》で、将棋《しょうぎ》を三《さん》番《ばん》さして負《ま》け通《とお》した。

「なに。文句《もんく》を云《い》うな。まう一番《いちばん》じゃ。」

すると、廂《ひさし》を脱《はず》れた日《ひ》の光《ひかり》は、彼《かれ》の腰《こし》から、円《まる》い荷物《にもつ》のような猫背《ねこぜ》の上《うえ》へ乗《の》りかかって来《き》た。

三

宿場《しゅくば》の空虚《くうきょ》な場庭《ばてい》へ一人《ひとり》の農婦《のうふ》が駈《か》けつけた。彼女《かのじょ》は此《こ》の朝早《あさはや》く、街《まち》に務《つと》めている息子《むすこ》から危《き》篤《とく》の電報《でんぽう》を受《う》けとった。それから露《つゆ》に湿《しめ》った三《さん》里《り》の山路《やまみち》を駈《か》け続《つづ》けた。

「⑧馬車《ばしゃ》はまだかのう？」

馬在臼齒上銜著一根乾草，尋找著駝背的老車夫。

車夫在驛站旁邊的包子店的店面，連輸了三盤將棋。

「什麼？少說廢話，再來一盤。」

這麼一來，離開了屋簷的陽光，從他的腰部，騎上了他那圓圓的，像個行李似的駝背上。

三

一位農婦向著驛站空虛的廣場跑來。她今天一大早，收到了在城裏工作的兒子病危的電報。然後，連續跑了三里被露水沾濕的山路。

「馬車還不開嗎？」

彼女《かのじょ》は馭者部屋《ぎょしゃべや》を覗《のぞ》いて呼《よ》んだが返事《へんじ》がない。

「馬車《ばしゃ》はまだかのう？」

歪《ゆが》んだ畳《たたみ》の上《うえ》には湯呑《ゆのみ》が一《ひと》つ転《ころが》っていて、中《なか》から酒色《さけいろ》の⑨番茶《ばんちゃ》がひとり静《しず》かに流《なが》れていた。農婦《のうふ》は⑩うろうろと場庭《ばてい》を廻《まわ》ると、饅頭屋《まんじゅうや》の横《よこ》からまた呼《よ》んだ。

「馬車《ばしゃ》はまだかのう？」

「先刻《さっき》出《で》ましたぞ。」

答《こた》えたのはその家《いえ》の主婦《しゅふ》である。

「出《で》たかのう。馬車《ばしゃ》はもう出《で》ましたかのう。いつ出《で》ましたな。⑪もうちと早《はや》く来《く》ると良《よ》かったのじゃが、⑫もう出《で》ぬじゃろか？」

農婦《のうふ》は⑬性急《ぜいきゅう》な泣《な》き声《とえ》でそう云《い》う中《うち》に、早《は》や泣《な》き出《だ》した。が、涙《なみだ》も拭《ふ》かず、⑭往還《おうかん》の中央《ちゅうおう》に

她望著車夫房叫喊著，可是沒有回音。

「馬車還不開嗎？」

一個茶碗，翻倒在歪斜的埸埸米上，從碗裏靜靜地流著酒色的粗茶水。農婦在廣場東張西望地轉了一轉，從包子店的旁邊又叫喊了。

「馬車還不開嗎？」

「剛開走了。」

回答的是那家的女主人。

「開走了？馬車已經開走了？什麼時候開走的？再早一點來就好了呀！已經不再開了嗎？」

農婦帶著着急欲哭的腔調說著說著，早就哭出來了。眼淚也不擦，在道路的中央站

突《つ》き立《た》っていてから、街《まち》の方《ほう》へ⑮すたすたと歩《ある》き始《はじ》めた。

「二番《にばん》が出《で》るぞ。」

猫背《ねこぜ》の馭者《ぎょしゃ》は将棋盤《しょうぎばん》を⑯見詰《みつ》めたまま農婦《のうふ》に云《い》った。農婦《のうふ》は歩《あゆ》みを停《と》めると、⑰くるりと向《む》返《かえ》ってその淡《うす》い眉毛《まゆげ》を吊《つ》り上《あ》げた。

「出《で》るかの。直《す》ぐ出《で》るかの。⑱倅《せがれ》が死《し》にかけておるのじゃが、間《ま》に合《あわ》せておくれかの？」

「⑲桂馬《けいま》と来《き》たな。」

「まアまア⑳嬉《うれ》しや。街《まち》までどれ程《ほど》かかるじやろ。いつ出《だ》しておくれるのう。」

「二番《にばん》が出《で》るわい。」と馭者《ぎょしゃ》はぽんと㉑歩《ふ》を打った。

「出《で》ますかな、街《まち》まで三時間《さんじかん》もかかりますか

了之後，急忙地向城裏的方向走去。

「第二班車就要開了。」

駝背的車夫，眼睛注視著將棋盤對農婦說。農婦停了脚步，急一轉身，皺起稀疏的眉毛。

「要開嗎？馬上要開嗎？我兒子快要死了，請讓我來得及吧！」

「你下桂馬啦！」

「哇！哇！太高興了！到城裏要多少時間，什麼時候開呢？」

「第二班車要開了。」說著，車夫砰的下了一個卒。

「要開嗎？到城裏需要三個小時，足足

いな。三時間《さんじかん》は㉒たっぷりかかりますやろ。倅《せがれ》が死《し》にかけていますのじゃが、間《ま》に合《あわ》せておくれかのう？」

四

野末《のずえ》の㉓陽炎《かげろう》の中《なか》から、㉔種蓮華《たねれんげ》を叩《たた》く音《おと》が聞《きこ》えて来《く》る。若者《わかもの》と娘《むすめ》は宿場《しゅくば》の方《ほう》へ急《いそ》いで行《い》った。娘《むすめ》は若者《わかもの》の肩《かた》の荷物《にもつ》へ手《て》をかけた。

「持《も》とう。」

「なアに。」

「重《おも》たかろうが。」

若者《わかもの》は黙《だま》っていかにも軽《かる》そうな容子《ようす》を見《み》せた。が、額《ひたい》から流《なが》れる汗《あせ》は塩辛《しおから》かった。

「馬車《ばしゃ》はもう出《で》たかしら。」娘《むすめ》は㉕呟《つぶや》いた。

要三個小時吧！我的兒子快要死了，請讓我來得及吧！」

四

從原野盡頭的游絲中，傳來了拍打著紫雲英的聲音。一個年輕人和一個姑娘急急忙忙地向驛站的方向走去。姑娘把手放在年輕人肩上的行李上。

「我來背吧！」

「什麼！」

「很重吧！」

年輕人默不作聲，且顯示出好像很輕鬆的樣子給她看，但是從額頭流下的汗水是鹹的。

「馬車是否已經開了？」姑娘嘟喃自語。

若者《わかもの》は荷物《にもつ》の下《した》から、眼《め》を細《ほそ》めて太陽《たいよう》を眺《なが》めると、

「㉖一寸《ちょっと》暑《あつ》うなったな、まだじゃろう。」

「㉗誰《だれ》ぞもう追《お》いかけて来《き》ているね。」

若者《わかもの》は黙《だま》っていた。

「お母《かあ》が泣《な》いてるわ。きっと。」

「馬車屋《ばしゃや》はもう直《す》ぐそこじゃ。」

二人《ふたり》は黙《だま》って了《しま》った。牛《うし》の鳴《な》き声《こえ》がした。

「知《し》れたらどうしよう。」と娘《むすめ》は云うと一寸《ちょっと》泣《な》きそうな顔《かお》をした。

種蓮華《たねれんげ》を叩《たた》く音《おと》だけが、幽《かすか》に足音《あしおと》のように迫《せま》って来《く》る。

娘《むすめ》は後《うし》ろを向《む》いて見《み》て、それから若者《わかもの》の肩《かた》の荷物《にもつ》にまた手《て》をかけた。

年輕人從行李下，瞇著眼睛望了望太陽，說：

「有點兒熱，馬車還沒開走吧！」

「已經有人正在來追趕我們吧！」

年輕人默不作聲。

「媽媽一定在哭著。」

「驛站就在眼前呀！」

兩個人沉默了。有著牛叫聲。

「要是讓人知道了怎麼辦呢？」姑娘這樣地說著，臉上露出像要哭的表情。

只有拍打紫雲英種子的聲音，好像脚步聲似的微微地逼近。

姑娘向後面看一看，然後又把手放在年輕人肩上的行李上。

「私《わたし》が持《も》とう。もう肩《かた》が直《なお》ったえ。」

若者《わかもの》は矢張《やは》り黙《だま》って㉘どしどし歩《ある》き続《つづ》けた。

が、突然《とつぜん》。

「知《し》れたら又《また》逃《に》げるだけじゃ。」と呟《つぶや》いた。

五

宿場《しゅくば》の場庭《ばてい》へ、母親《ははおや》に手《て》を曳《ひ》かれた男《おとこ》の子《こ》が指《ゆび》を銜《くわ》えて這入《はい》って来《き》た。

「お母《か》ア、馬馬《うまうま》。」

「あゝ、馬々《うまうま》。」男《おとこ》の子《こ》は母親《ははおや》から手《て》を㉙振《ふ》り切《き》ると、厩《うまや》の方《ほう》へ馳《か》けて来《き》た。そうして二間《にけん》程《ほど》離《はな》れた場庭《ばてい》の中《なか》から馬《うま》を見《み》ながら、「こりゃッ、こりゃッ」と叫《さけ》んで片足《かたあし》で地《ち》を打《う》った。

馬《うま》は首《くび》を擡《もた》げて耳《みみ》を立《た》てた。男《おとこ》の子《こ》は馬《うま》の㉚

「我來背吧！我的肩膀已經好了。」
年輕人仍然默不作聲，繼續撲咚撲咚大步地走著。突然
「要是讓人知道了，再逃就是了。」這樣地嘟喃著。

五

被媽媽牽著手的男孩子，嘴裏擒著手指頭走進了驛站的廣場。

「媽媽！馬馬！」

「啊！馬馬！」男孩子掙開了母親的手，向馬棚方向跑來。而在離馬棚三、四公尺的廣場一邊看著馬，一邊用一隻脚跺著地叫喊著。「喂！喂！」

馬揚起頭，豎起了耳朵。男孩子模仿著

真似《まね》をして首《くび》を上《あ》げたが、耳《みみ》が動《うご》かなかった。で、たゞ㉛矢鱈《やたら》に馬《うま》の前《まえ》で顔《かお》を㉜顰《しか》めると、再《ふたた》び「こりゃッ、こりゃッ」と叫《さけ》んで地《ち》を打《う》った。

馬《うま》は槽《おけ》の手蔓《てづる》に口《くち》をひっ掛《か》けながら、又《また》その中《なか》へ顔《かお》を隠《かく》して馬草《まぐさ》を食《く》った。

「お母《かあ》ア、馬々《うまうま》。」

「あゝ、馬々《うまうま》。」

六

「あっと、待《ま》てよ。これは倅《せがれ》の下駄《げた》を買《か》うのを忘《わす》れたぞ。あ奴《いつ》は西瓜《すいか》が好《す》きじゃ。西瓜《すいか》を買《か》うと、俺《おれ》もあ奴《いつ》も好《す》きじゃで両得《りょうとく》じゃ。」

田舎紳士《いなかしんし》は宿場《しゅくば》へ着《つ》いた。彼《かれ》は四十三《よんじゅうさん》になる。三十三年《さんじゅうさんねん》貧困《ひんこん》と戦《たたか》い続《つづ》けた効《かい》あって、昨夜《さくや》漸《ようや》く

馬揚起了頭，但是耳朵却不動。只是在馬前胡亂地大皺眉頭，又跺著脚叫喊著：「喂！喂！」

馬嘴雖然碰到馬料桶的提手，又把臉伸進桶裏吃草。

「媽媽！馬馬！」

「啊！馬馬！」

六

「哎呀！等一下，這又忘了買兒子的木屐啦！他喜歡西瓜，要是買西瓜，我和他都喜歡，一舉兩得。」

鄉下紳士到達了驛站。他四十三歲，和貧困連續奮鬥了三十三年，總算有了代價。

春蚕《はるご》の㉝仲買《なかがい》で八百円《はっぴゃくえん》を手《て》に入《い》れた。今彼《いまかれ》の胸《むね》は未来《みらい》の画策《かくさく》のために詰《つま》っている。けれども、昨夜《さくや》㉞銭湯《せんとう》へ行《い》ったとき、八百円《はっぴゃくえん》の札束《さつたば》を鞄《かばん》に入《い》れて洗《あら》い場《ば》まで持《も》って這入《はい》って、笑《わら》われた記《き》憶《おく》については忘《わす》れていた。

農婦《のうふ》は場庭《ばてい》の㉟床几《しょうぎ》から立《た》ち上《あが》ると、彼《かれ》の傍《そば》へよって来《き》た。

「㊱馬車《ばしゃ》はいつ出《で》るのでござんしような。伜《せがれ》が死《し》にかかっていますので、早《はや》く行《い》かんと死《し》に目《め》に逢《あ》えまいと思《おも》いましてな。」

「㊲そりゃいかん。」

「もう出《で》るのでござんしよな。もう出《で》るって、さっき云《い》わしゃったがの。」

「さアて、何《なに》しておるやろな。」

昨天晚上好不容易做了春蠶掮客，賺了八百円。現在他的腦海裏爲著未來的計畫而想著。但是昨天晚上到公共浴室去的時候，他把八百円裝進皮包帶到洗澡間而被嘲笑的事，已經忘記了。

農婦從廣場的凳子站了起來，向他身旁湊過來。

「馬車什麼時候開呢？我兒子快死了。我想要是不早點去的話，就不能見他最後一面啦！」

「那不行！」

「快要開了吧！剛才他說就要開了。」

「唉！在幹什麼呢？」

若者《わかもの》と娘《むすめ》は場庭《ばてい》の中《なか》へ入《はい》って来《き》た。農婦《のうふ》はまた二人《ふたり》の傍《そば》へ近寄《ちかよ》った。

「馬車《ばしゃ》に乗《の》りなさるのかな。馬車《ばしゃ》は出《で》ませんぞな。」

「出《で》ませんか？」と若者《わかもの》は㊳訊《き》き返《かえ》した。

「出《で》ませんの？」と娘《むすめ》は云《い》った。

「もう二時間《にじかん》も待《ま》ってますのやが、出《で》ませんぞな。街《まち》まで三時間《さんじかん》かかりますやろ、もう何時《なんじ》になっていますかな。九時《くじ》になっていますかな、街《まち》へ着《つ》くと正午《ひる》になりますやろか。」

「㊴そりゃ正午《ひる》や。」と田舎紳士《いなかしんし》は横《よこ》から云《い》った。農婦《のうふ》はくるりと彼《かれ》の方《ほう》をまた向《む》いて、

「正午《ひる》になりますかいな。それまでにゃ死《し》にますやろな。正午《ひる》になりますかいな。」

年輕人和姑娘走進了驛站廣場，農婦又向兩人身旁湊過去。

「要坐馬車嗎？馬車不開啊！」

「不開嗎？」年輕人反問說。

「不開？」姑娘說。

「我已經等了兩個小時了，還不開啊！到城裏要花三個小時，現在已經幾點鐘了，九點鐘了吧，到達城裏就中午了吧！」

「那當然是中午啦！」鄉下紳士從旁插嘴說。農婦急急地轉向他說。

「要到中午嗎？活不到那時吧！要到中午嗎？」

と云《い》う中《うち》にまた泣《な》き出《だ》した。が、直《す》ぐ饅頭屋《まんじゅうや》の店頭《てんとう》へ馳《か》けて行《い》った。

「まだかのう。馬車《ばしゃ》はまだなかなか出《で》ぬじゃろか？」

猫背《ねこぜ》の馭者《ぎょしゃ》は将棋盤《しょうぎばん》を枕《まくら》にして仰向《あおむ》きになったまま、簀《す》の子《こ》を洗《あら》っている饅頭屋《まんじゅうや》の主婦《しゅふ》の方《ほう》へ頭《あたま》を向《む》けた。

「㊵饅頭《まんじゅう》はまだ蒸《む》さらんかいの？」

七

馬車《ばしゃ》は何時《いつ》になったら出《で》るのであろう。宿場《しゅくば》に集《あつま》った人人《ひとびと》の汗《あせ》は乾《かわ》いた。併《しか》し、馬車《ばしゃ》は何時《いつ》になったら出《で》るのであろう。これは誰《だれ》も知《し》らない。だが、もし知《し》り得《う》ることの出来《でき》るものがあ

說著說著又哭了起來。她馬上跑到包子店的店面去。

「還不開嗎？馬車還不開嗎？」

駝背的車夫把棋盤當枕頭，仰面朝天的躺著，他把臉向著正在洗著蒸籠的包子店的女主人說：

「包子還沒蒸好嗎？」

七

馬車要到什麼時候才開呢？聚集在驛站的人們的汗水都乾了，可是，馬車要到什麼時候才開呢？這誰也不知道，但假使要是說有人能夠知道的話，那就是在包子店蒸籠裏

ったとすれば、それは饅頭屋《まんじゅうや》の竈《かまど》の中《なか》で、漸《ようや》く脹《ふく》れ始《はじ》めた饅頭《まんじゅう》であった。㊶なぜかと云《い》えば、此《こ》の宿場《しゅくば》の猫背《ねこぜ》の馭者《ぎょしゃ》は、まだその日《ひ》、誰《だれ》も手《て》をつけない蒸《む》し立《た》ての饅頭《まんじゅう》に㊷初手《しょて》をつけると云《い》うことが、それほど潔癖《けっぺき》から長《なが》い月日《つきひ》の間独《あいだどく》身《しん》で暮《く》らさねばならなかったと云《い》う、その日《ひ》その日《ひ》の、最高《さいこう》の慰《なぐさ》めとなっていたのであったから。

八

宿場《しゅくば》の時計《とけい》が十時《じゅうじ》を打《う》った。饅頭屋《まんじゅうや》の竈《かまど》は湯《ゆ》気《げ》を立《た》てて鳴《な》り出《だ》した。

ザク、ザク、ザク。猫背《ねこぜ》の馭者《ぎょしゃ》は馬草《まぐさ》を切《き》った。馬《うま》は猫背《ねこぜ》の横《よこ》で、水《みず》を十分《じゅうぶん》飲《の》み溜《た》めた。

好不容易開始膨脹的包子。因爲，這個驛站的駝背車夫，要最先親手拿到沒有被任何沾過手的蒸好的包子。這在他由於有潔癖而不得不長期過光棍生活的那些日子裏，已經成了每天最好的安慰。

八

驛站的鐘打了十下，包子店的蒸籠冒著熱氣開始發出聲音。

卡擦・卡擦・卡擦，駝背車夫切了馬草。馬在駝背的身旁喝足了水。

九

馬《うま》は馬車《ばしゃ》の車体《しゃたい》に結《むす》ばれた。農婦《のうふ》は㊸真先《まっさき》に車体《しゃたい》の中《なか》へ乗《の》り込《こ》むと、街《まち》の方《ほう》を見続《みつづ》けた。

「㊹乗《の》っとくれやア。」と猫背《ねこぜ》は云《い》った。

五人《ごにん》の乗客《じょうきゃく》は、傾《かたむ》く踏《ふ》み段《だん》に気《き》をつけて農婦《のうふ》の傍《かたわら》へ乗《の》り始《はじ》めた。

猫背《ねこぜ》の馭者《ぎょしゃ》は、饅頭屋《まんじゅうや》の簀《す》の子《こ》の上《うえ》で、綿《わた》のように脹《ふく》らんでいる饅頭《まんじゅう》を腹掛《はらか》けの中《なか》へ押《お》し込《こ》むと、馭者台《ぎょしゃだい》の上《うえ》にその背《せ》を曲《ま》げた。喇叭《らっぱ》が鳴《な》った。鞭《むち》が鳴《な》った。

眼《め》の大《おお》きなかの一匹《いっぴき》の蠅《はえ》は馬《うま》の腰《こし》の㊺余肉《あまじし》の匂《にお》いの中《なか》から飛《と》び立《た》った。そうして車体《しゃたい》の屋根《やね》の上《うえ》にとまり直《なお》ると、今《いま》さきに、漸《ようや》く蜘蛛《くも》の網《あみ》からその生命《せいめい》をとり戻《もど》した身体《からだ》を休《やす》めて、馬車《ばしゃ》

九

馬車套好了。農婦搶先上了車廂，眼睛一直看著城裏的方向。

「上車！」駝背的說了。

五名乘客謹愼地開始踏上傾斜的馬車磴兒坐在農婦的旁邊。

駝背車夫，把在包子店蒸籠上膨脹得像棉花似的包子塞進了圍裙裏，在駕駛台上，彎著腰，喇叭響了，鞭聲響了。

眼睛大的那一隻蒼蠅從馬的腰部的贅肉的腥味中飛起來。而後在車廂的頂篷上停好，歇歇剛才好不容易從蜘蛛網上奪回的身體，隨著馬車一起搖晃著而去。

と一緒《いっしょ》に揺《ゆ》れて行《い》った。

馬車《ばしゃ》は炎天《えんてん》の下《した》を走《はし》り通《とお》した。そうして並木《なみき》をぬけ、長《なが》く続《つづ》いた小豆畑《あずきばたけ》の横《よこ》を通《とお》り、亜麻畑《あまばたけ》と桑畑《くわばたけ》の間《あいだ》を揺《ゆ》れつつ森《もり》の中《なか》へ㊻割《わ》り込《こ》むと、緑色《みどりいろ》の森《もり》は、漸《ようや》く溜《たま》った馬《うま》の額《ひたい》の汗《あせ》に映《う》って逆《さか》さまに揺《ゆ》らめいた。

十

馬車《ばしゃ》の中《なか》では、田舎《いなか》紳士《しんし》の饒舌《じょうぜつ》が、早《はや》くも人《ひと》々《びと》を五年《ごねん》以来《いらい》の知己《ちき》にした。しかし、男《おとこ》の子《こ》はひとり車体《しゃたい》の柱《はしら》を握《にぎ》って、その生々《いきいき》とした眼《まなこ》で野《の》の中《なか》を見続《みつづ》けた。

「お母《かあ》ア、梨梨《なしなし》。」

「ああ、梨梨《なしなし》。」

馬車在炎熱下，一直行駛著。而穿過了林蔭路，從連綿的紅豆園邊通過，一邊從亞麻園和桑園間搖搖晃晃，一邊鑽進了樹林，綠色的樹林映在漸漸地積留在馬的額頭上的汗水中，形成倒影在搖晃。

十

在馬車上，鄉下紳士的饒舌，早已使人們成為五年以來的知己。但是，男孩子自己一個人握著車廂的柱子。靈活的眼睛一直地望著原野。

「媽媽！梨子梨子！」

「啊！梨子梨子！」

馭者台《ぎょしゃだい》では鞭《むち》が動《うご》き停《とま》った。農婦《のうふ》は田舎紳士《いなかしんし》の帯《おび》の㊼鎖《くさり》に眼《め》をつけた。

「もう幾時《いくじ》ですかいな。十二時《じゅうにじ》は過《す》ぎましたかいな。街《まち》へ着《つ》くと正午過《ひるす》ぎになりますやろな。」

馭者台《ぎょしゃだい》で喇叭《らっぱ》が鳴《な》らなくなった。そうして、腹掛《はらか》けの饅頭《まんじゅう》を、今《いま》や、㊽尽《ことごと》く胃《い》の腑《ふ》の中《なか》へ落《お》し込《こ》んで了《しま》った馭者《ぎょしゃ》は、一層猫背《いっそうねこぜ》を張《は》らせて㊾居眠《いねむ》り出《だ》した。

その居眠《いねむ》りは、馬車《ばしゃ》の上《うえ》から、かの眼《め》の大《おお》きい蠅《はえ》が押《お》し黙《だま》った数段《すうだん》の梨畑《なしばたけ》を眺《なが》め、真夏《まなつ》の太《たい》陽《よう》の光《ひかり》を受《う》けて真赤《まっか》に栄《は》えた赤土《せきど》の断崖《だんがい》を仰《あお》ぎ、突然《とつぜん》に現《あらわ》れた激流《げきりゅう》を見下《みおろ》して、そうして、馬車《ばしゃ》が高《たか》い崖路《がけみち》の高低《こうてい》でかたかたときしみ出《だ》す音《おと》を聞《き》いてまだ続《つづ》いた。併《しか》し、乗客《じょうきゃく》の中《なか》で、その馭《ぎょ》

駕駛台鞭子停止了晃動。農婦注視到了郷下紳士腰帶上的懷錶鎖鏈。

「已經幾點了？過了十二點了吧！到城裏的話就過了中午了吧！」

駕駛台的喇叭不響了，而圍裙裏的包子現在全都塡進肚子裏的車夫，更加彎著水蛇腰開始打起磕睡了。

他磕睡時，那隻大眼睛的蒼蠅，從馬車上眺望遠方寂靜的梯田式的梨園，仰望著盛夏太陽光照射著，通紅的紅土斷崖，低頭看突然出現的激流，而聽著馬車在低高不平的懸崖路上發出咯嗒咯嗒的聲音，磕睡還繼續著。但是，在乘客之中知道車夫打磕睡的，

者《しゃ》の居眠《いねむ》りを知《し》っていた者《もの》は、僅《わずか》にただ蠅《はえ》一疋《いっぴき》であるらしかった。蠅《はえ》は車体《しゃたい》の屋根《やね》の上《うえ》から、馭者《ぎょしゃ》の垂《た》れ下《さが》った半白《はんぱく》の頭《あたま》に飛《と》び移《うつ》り、それから、濡《ね》れた馬《うま》の背中《せなか》に留《とま》って汗《あせ》を舐《な》めた。

馬車《ばしゃ》は崖《がけ》の頂上《ちょうじょう》へさしかかった。馬《うま》は前方《ぜんぽう》に現《あらわ》れた㊿眼匿《めかく》し中《じゅう》の路《みち》に従《したが》って柔順《じゅうじゅん》に曲《まが》り始《はじ》めた。しかし、そのとき、彼《かれ》は自分《じぶん》の胴《どう》と、車体《しゃたい》の幅《はば》とを考《かんが》えることが出来《でき》なかった。一《ひと》つの車《しゃ》輪《りん》が路《みち》から外《はず》れた。突然《とつぜん》、馬《うま》は車体《しゃたい》に引《ひ》かれて突《つ》き立《た》った。瞬間《しゅんかん》、蠅《はえ》は飛《と》び上《あが》った。と、車体《しゃたい》と一緒《いっしょ》に崖《がけ》の下《した》へ墜落《ついらく》して行《い》く(51)放埒《ほうらつ》な馬《うま》の腹《はら》が(52)眼《め》についた。そうして、人馬《じんば》の悲鳴《ひめい》が高《たか》く発《はっ》せられると、河原《かわら》の上《うえ》では、圧《お》し重《かさな》った人《ひと》と馬《うま》と板片《いたきれ》との塊《かたまり》が、沈黙《ちんもく》したまま動《うご》かなかった。

好像只有那隻蒼蠅。蒼蠅從車廂的頂篷上飛到車夫那垂下的半白的頭上，然後又停在濕了的馬背上舐著汗水。

馬車快到懸崖山頂上。馬照著眼前出現的懸崖柔順地開始轉彎了。但是，那個時候，馬沒有考慮到自己的身體和車廂的寬度。一個車輪離開了路面，突然馬被車拖得豎了起來，瞬眼蒼蠅飛起來了。映入眼裏的是和車廂一起墜下放蕩的馬的腹部。人馬發出了慘叫聲，在河床上擠壓重疊著的人、馬和木板沉默著一動也不動。但是，眼睛大的蒼蠅，現在正集中力量用力拍著完全休息了的翅膀，獨自一個人，悠然地飛向青空中。

が、眼《め》の大《おお》きな蠅《はえ》は、今《いま》や完全《かんぜん》に休《やす》まったその羽根《はね》に力《ちから》を籠《こ》めて、ただひとり、悠悠《ゆうゆう》と青空《あおぞら》の中《なか》を飛《と》んでいった。

【註釋】

1.宿場：驛站。
2.廐：馬棚。廐。
3.ぶらぶら：晃蕩。搖動。
4.ぽたりと：巴噠地。水滴等落下貌。
5.突き立つ：直立。聳立。扎上。
6.猫背：水蛇腰（的人）。駝背。
7.馭者：趕車的。車夫。
8.馬車はまだかの：方言。相等於「馬車はまだ出ないかなあ」。
9.番茶：粗茶。
10.うろうろ：徬徨。徘徊。打轉轉。
11.もうちと：再……稍微。再……一點。‖もうちょっと。‖もう少し。
12.もう出ぬじゃろか：已經不再開了嗎？‖もう出ないだろうか。
13.性急：急性。急躁。性急。
14.往還：道路。往來。
15.すたすたと歩く：急走。三步併做兩步走。

16.見詰める：凝視。注視。

17.くるり：迴轉貌。

18.倅：（對自己兒子的謙稱）小孩子。犬子。

19.桂馬：日本將棋中的棋子名。（馬）

20.嬉しや：嬉しいわ。

21.歩：日本將棋中的棋子名。（兵、卒）

22.たっぷり：足足。足夠。足有。

23.陽炎：游絲（春季或夏季地面上的水蒸氣）。

24.種蓮華：紫雲英種子。

25.呟く：自言自語。嘟喃。

26.一寸暑うなったな：ちょっと暑くなったな。

27.誰ぞ：「誰か」相同。「ぞ」接在疑問的代名詞後表示不確定。

28.どしどし：撲咚撲咚（大的脚步聲）。

29.振り切る：甩開。掙開。

30.真似：模倣。

31.矢鱈：胡亂地。過分。大量。

32.顰める：顰蹙。皺眉。

33.仲買：經紀。掮客。介紹買賣。

34.銭湯：營業澡堂。公共澡堂。

35.床几：（以帆布等爲面的）折凳。

36.馬車はいつ出るのでござんしょうな：馬車什麽時候開呢？‖馬車はいつ出るのでございましょうか。

37.そりゃいかん：那是不行的。‖それはいかん。

38.訊き返す：反問。再問。

39.そりゃ正午や：それは正午だよ。

40.饅頭はまだ蒸さらんかいの：包子還沒蒸好嗎？‖饅頭はまだ蒸さらないのか？

41.なぜかと言えば：因爲。

42.初手：起始。最初。

43.真先：最先。首先。最前面。

44.乗ってくれやァ：乗ってくれよ。

45.余肉：贅肉。

46.割り込む：擠進。硬加入。

47.くさり：鎖鏈。鏈子。

48.尽く：所有。一切。全部。

49.居眠り：磕睡。打盹兒。

50.眼匿し：圍牆。蒙眼。

51.放埓：放蕩。

52.目につく：顯眼。

橫光利一

明治三十一年（一八九八）～昭和二十二年（一九四七）。小說家。生於福島縣。大正十五年（一九一四）進入早稻田大學英文系，中途退學。

橫光利一在大正十一年（一九二二）拜菊池寬爲老師。大正十二年（一九二三）做「文藝春秋」同人。大正十三年十月（一九二四）與川端康成等十七個同人創辦「文藝時代」以後，就展開理論和寫作的活動。昭和二年四月（一九二七）解散「文藝時代」以後，昭和五年（一九三〇）又加入新興藝術俱樂部。他的立體的手法和努力向上的態度，在昭和文學史上留下不朽的功績和影響。

橫光利一屬於新感覺派，新感覺派主張絕對尊重個人的主觀，憑作者的理智與感覺，直接表現出來。在表現形式上使用許多新奇的文體和辭藻。這種文章雖然優美，有新鮮感，但難免有晦澀難懂之處。

主要的作品有：

〔日輪〕•〔蠅〕（大正十二年發表）〔春は馬車に乘って〕（大正十五年發表）〔上

海」（昭和三～六年發表）「機械」・「寢園」（昭和五年發表）「紋章」（昭和九年發表）「純粋小説論」（昭和十年發表）「旅愁」（昭和十二～二十一年發表）

蠅

伊豆《いず》の踊子《おどりこ》

川端康成《かわばたやすなり》

一

道《みち》が①つづら折《お》りになって、いよいよ天城峠《あまぎとうげ》に近づいたと思《おも》うころ、②雨《あま》あしが杉《すぎ》の密林《みつりん》を白《しろ》くそめながら、③すさまじい早《はや》さでふもとからわたしを追《お》ってきた。

わたしは二十才、高等学校《こうとうがっこう》の制帽《せいぼう》をかぶり、紺《こん》がすりの着物《きもの》にはかまをはき、学生《がくせい》カバンを肩《かた》にかけていた。ひとり伊豆《いず》の旅《たび》にでてから四日《よっか》めのことだった。修善寺温泉《しゅぜんじおんせん》に一夜《いちや》とまり、湯《ゆ》が島温泉《しまおんせん》に二夜とまり、そしてほおばの④高《たか》

伊豆的舞孃

川端康成

一

道路變成曲折的彎路，我想就快到達天城山頂時，雨一邊染白了杉樹的密林，一邊以驚人的速度，從山脚邊朝著我追趕而來。

我二十歲，頭上戴著高中的校帽，在藏青碎白花紋的衣服上，套上了褲裙。肩上背著書包。這是我一個人到伊豆旅行第四天的事。在修善寺溫泉住了一個晚上，在湯島溫泉住了二個晚上，而後穿著樸木做的高脚木

げたで天城《あまぎ》をのぼってきたのだった。かさなりあった山《やま》やまや原生林《げんせいりん》や深い渓谷《けいこく》の秋に見《み》とれながらも、わたしは一つの期待《きたい》に胸《むね》を⑤ときめかして道《みち》をいそいでいるのだった。そのうちに大粒《おおつぶ》の雨《あめ》がわたしを打《う》ちはじめた。⑥折《お》れまがったきゅうな坂道《さかみち》をかけのぼった。ようやく峠《とうげ》の北口《きたぐち》の茶屋《ちゃや》に⑦たどりついてほっとすると同《どう》時《じ》に、わたしはその入《い》り口《ぐち》で立《た》ちすくんでしまった。あまりに期待《きたい》がみごとに的中《てきちゅう》したからである。そこで旅芸人《たびげいにん》の一行《いっこう》が休《やす》んでいたのだ。

つっ立《た》っているわたしを見《み》た踊《おど》り子《こ》が、すぐに自分《じぶん》のざぶとんをはずして、⑧裏《うら》がえしにそばへおいた。

「ええ……」とだけいって、わたしはその上《うえ》

屐爬上了天城來。我一面欣賞重疊的山巒、原始林及深谷之秋，看得入迷。一面有所期待著地，心裏撲通撲通地。急於趕路。這時大雨開始打在我身上。我跑上了彎曲而陡急的坡道，好不容易抵達山頂北口的茶店，在鬆一口氣的同時，我在那家店入口處因驚訝而呆立不知所措。因爲所期待著的那麼巧妙的實現了，巡迴藝人的一行正在那裏休息著。

看到了呆立著的我的無孃，立刻拿起自己的坐墊，翻過來放在我的旁邊。

「嗯！」我只這樣地說，就在坐墊上坐

に⑨腰《こし》をおろした。坂道を走った⑩息《いき》ぎれとおどろきとで、「ありがとう。」ということばがのどにひっかかってでなかったのだ。

踊《おど》り子と⑪ま近《ちか》にむかいあったので、わたしはあわてて⑫たもとからたばこを取りだした。踊り子がまたつれの女のまえのたばこ盆《ぼん》をひきよせてわたしに近くしてくれた。やっぱりわたしはだまっていた。

踊《おど》り子《こ》は十七くらいに見えた。わたしにはわからない古風《こふう》のふしぎな形《かたち》に大きく⑬髪《かみ》をゆっていた。それがたまご型《かたち》のりりしい顔を非常《ひじょう》に小さく見せながらも、美しく調和《ちょうわ》していた。髪《かみ》をゆたかに誇張《こちょう》して描《えが》いた、稗史的《はいしてき》なむすめの絵《え》すがたのような感《かん》じだった。踊《おど》り子のつれは

下，因爲跑了斜坡而喘不過氣來，及驚訝的緣故。「謝謝」這句話梗在喉裏而沒說出來。

因爲和舞孃相對近坐，我慌慌張張地從和服的袖中拿出了香煙，而那舞孃又把同伴面前的烟灰缸推到我的旁邊，而我仍然默不作聲。

那舞孃看起來大約十七歲，梳著我不懂的古式的奇怪的大髮髻，雖然使得那雞蛋型凜凜的臉孔顯得非常的小，但却調和得很美麗。髮型上過份誇張的裝飾，讓人有一種野史上少女畫姿的感覺。那舞孃的同伴一個是四十多歲的女人。兩個是年輕的女子，另外

四十代の女がひとり、若《わか》い女がふたり、ほかに長岡温泉《ながおかおんせん》の宿屋《やどや》の印《しるし》⑭ばんてんをきた二十五、六の男がいた。

わたしはそれまでに、この踊《おど》り子《こ》たちを二度《ど》見《み》ているのだった。さいしょはわたしが湯《ゆ》が島《しま》へくるとちゅう、修善寺《しゅぜんじ》へいくかのじょたちと湯川橋《ゆがわばし》の近《ちか》くででであった。そのときは若い女が三人だったが、踊り子は太鼓《たいこ》をさげていた。わたしはふり返《かえ》りふり返《かえ》りながめて、旅情《りょじょう》が自分《じぶん》の身《み》についたと思《おも》った。それから、湯《ゆ》が島《しま》の二《ふっ》日《か》めの夜、宿屋《やどや》へ流《なが》してきた。踊《おど》り子《こ》が玄関《げんかん》の板《いた》じきでおどるのを、わたしははしご段《だん》の中途《ちゅうと》に腰《こし》をおろして一心に見ていた。——あの日が修善寺《しゅぜんじ》で今夜《こんや》が湯《ゆ》が島《しま》なら、あすは天城《あまぎ》を南に

一個是穿著印有長岡溫泉旅館標誌短外褂的廿五、六歲的男人。

我在這之前，看過這些舞孃兩次。最初是我來到湯島的途中，在湯川橋附近遇到要去修善寺的她們，那個時候是三個年輕的女子，舞孃吊著大鼓。我頻頻的回頭看她們，心想已深陷旅情之中。然後，在湯島的第二個晚上，他們來到旅館表演。舞孃在玄關的地板上踊舞，我坐在樓梯的中段專心地欣賞著。——那天是修善寺而今晚是湯島的話，那麼明天是越過天城的南邊到湯野溫泉去吧！我在天城的七里山路中一定可以追得上她們吧！如此地幻想著而急急地趕來，却因爲

こえて湯《ゆ》が野《の》温泉《おんせん》へいくのだろう。天城《あまぎ》七里《しちり》の山道できっと追《お》いつけるだろう。そう空想《くうそう》して道をいそいできたのだったが、雨宿《あまやど》りの茶屋《ちゃや》でぴったり⑮おちあったものだから、わたしはどぎまぎしてしまったのだ。

まもなく、茶店《ちゃみせ》のばあさんがわたしをべつのへやへ案内《あんない》してくれた。ふだん用《よう》はないらしく戸障子《としょうじ》がなかった。下《した》をのぞくと美《うつく》しい谷《たに》が目《め》のとどかないほど深《ふか》かった。わたしは膚《はだ》にあわ粒《つぶ》をこしらえ、かちかちと歯《は》をならして身《み》ぶるいした。茶《ちゃ》をいれにきたばあさんに、寒《さむ》いというと、

「おや、だんなさま、おぬれになってるじゃございませんか、こちらでしばらくおあたりな

在避雨的茶店和他們相遇，所以就慌神而不知所措。

不久，茶店的老婆婆，把我帶到另一個房間，房間平常好像沒有使用，那房門沒有門扉。往下俯視，美麗的山谷深不見底。我的肌膚起了雞皮疙瘩，牙齒咯嗒咯嗒地響著，身體打著哆嗦。對著來倒茶的老婆婆說：

「好冷！」她說：

「呀！先生，你不是全身都淋濕了嗎？在這邊烤一下火吧！來吧！把衣服烘乾吧！

さいまし、さあ、お召《め》し物《もの》をお⑯かわかしなさいまし。」と、手《て》を取《と》るようにして、自分《じぶん》たちの居間《いま》へさそってくれた。

　そのへやは炉《ろ》がきってあって、障子《しょうじ》をあけると強《つよ》い火気《かき》が流《なが》れてきた。わたしは敷居《しきい》ぎわに立って⑰ちゅうちょした。水死人《すいしにん》のように全身《ぜんしん》青ぶくれのじいさんが炉《ろ》ばたに⑱あぐらをかいているのだ。瞳《ひとみ》まで黄色くくさったような目《め》を⑲ものうげにわたしのほうへむけた。身《み》のまわりに古手紙や紙袋《かみぶくろ》の山をきずいて、その紙くずのなかにうずもれているといってもよかった。とうてい生《い》き物《もの》と思えない山の怪奇《かいき》をながめたまま、わたしは⑳棒立《ぼうだ》ちになっていた。

「こんなおはずかしいすがたをお見せいたし

」像要拉著我的手似的把我帶到他們的起居室去。

　這間房間安裝著火爐，一打開紙門，就有很猛的煙火流過來。我站在門檻邊而躊躇了。一個像被水淹死那樣，全身浮腫的老人，在火爐邊盤腿而坐。他把像連眼珠都腐化而變成黃色似的眼睛，無精打采地投向我這邊，在老人的四周圍堆滿了舊信紙和紙袋，像小山般，也可以說是人被埋在紙堆中。我眺望著，無論如何也不像是生物的山中怪物。我呆然而立。

「讓你看到這樣的醜態眞是……他是家

まして……。でも、うちのじじいでございますから、ご心配《しんぱい》なさいますな。お見苦《みぐる》しくても、動《うご》けないのでございますから、このままで堪忍《かんにん》してやってくださいまし。」

そうことわってから、ばあさんが話《はな》したところによると、じいさんは長年中風《ちゅうぶ》を㉑わずらって、全身《ぜんしん》が不随《ふずい》になってしまっているのだそうだ。紙の山は、諸国《しょこく》から中風《ちゅうぶ》の養生《ようじょう》を教えてきた手紙や、諸国から㉒とりよせた中風のくすりの袋《ふくろ》なのである。じいさんは峠《とうげ》をこえる旅人《たびびと》からきいたり、新聞《しんぶん》の広告《こうこく》を見たりすると、その一つをももらさずに、全国から中風の療法《りょうほう》をきき、売薬《ばいやく》をもとめたのだそうだ。そして、それらの手紙や紙袋を一つも捨《す》てずに身《み》のまわりに

中的老公公，因此請不要介意。縱然很難看，但因不能移動，所以請多加寛恕。」

道歉之後，據老婆婆說老公公患了中風長年半身不遂。這堆紙山是從各地寄來，敎他中風療養的信以及從各地函購的中風藥的袋子。據說老公公從越過山頂而來的旅客中一聽到，或者是一看到報紙上的廣告，就向全國各地打聽中風的治療法及尋購藥物。而把那些來信和紙袋一個也不丢掉，放在身邊。經年累月的就變成一座廢紙之山。

おいてながめながら暮《く》らしてきたのだそうだ。長年のあいだにそれが㉓古ぼけた反古《ほご》の山をきずいたのだそうだ。

わたしはばあさんに答えることばもなく、いろりの上に㉔うつむいていた。山をこえる自動《じどう》車《しゃ》が家を㉕ゆすぶった。秋でもこんなに寒い、そしてまもなく雪にそまる峠《とうげ》を、なぜこのじいさんはおりないのだろうと考えていた。わたしの着物《きもの》から湯《ゆ》げがたって、頭がいたむほど火が強かった。ばあさんは店《みせ》にでて旅芸人《たびげいにん》の女と話していた。

「そうかねえ。このまえつれていた子がもうこんなになったのかい。いい娘《あんこ》になって、おまえさんもけっこうだよ。こんなにきれいになっ

我沒有回答老婆婆的話，卻坐在爐邊低著頭，越過山的汽車，使這房子震動。我想秋天就這樣寒冷，不久山嶺就要被白雪覆蓋，爲什麼這個老公不下山去呢？我的衣服被烤得冒山熱氣，爐火强得令人頭痛。老婆婆到店面去和巡迴的藝人們談話著。

「眞的呀！上次帶的孩子已經長這麼大了，長得這樣漂亮，你好福氣，變得這樣的漂亮呀！女孩子發育得眞快啊！」

たのかねえ。女の子は早いもんだよ。」

小一時間《こ》たつと、旅芸人《たびげいにん》たちが出立《しゅったつ》らしい物音がきこえてきた。わたしもおちついている場合ではないのだが、胸《むね》さわぎするばかりで立ちあがる勇気《ゆうき》がでなかった。旅《たび》なれたといっても女の足だから、十町《ちょう》や二十町《ちょう》おくれたって一走りに追いつけると思いながら、炉《ろ》のそばでいらいらしていた。しかし踊《おど》り子《こ》たちがそばにいなくなると、かえってわたしの空想《くうそう》は解《と》きはなたれたように生《い》き生《い》きとおどりはじめた。かれらを送りだしてきたばあさんにきいた。

「あの芸人《げいにん》は今夜どこでとまるんでしょう。」

「あんな者《もの》、どこでとまるやらわかるものでございますか、だんなさま。お客《きゃく》があればあり

將近一個小時之後，聽到了巡迴人好像要動身的響聲。我也沒有辦法靜下來，但只是心中不安著，卻連站起來的勇氣也沒有。心想就算慣於旅行的她們，但是，因爲是女人的腳步，即使落後一千公尺或二千公尺，只要跑一下就能追上，雖然這樣地想著，但是坐在爐邊焦急不安的。然而舞孃們一離開，我的幻想反而獲得解脫似的活潑潑的開始跳起舞來。就問向他們送行回來的老婆婆說：

「那些藝人今晚要住在哪裡呢？」

「那種人誰知道要住在什麼地方啊！先生。只要有客人，什麼地方都可住，怎能預

しだい、どこにだってとまるんでございますよ。今夜の宿《やど》のあてなんぞございますものか。」

㉖はなはだしい軽蔑《けいべつ》をふくんだばあさんのことばが、それならば、踊り子を今夜はわたしのへやにとまらせるのだ、と思ったほどわたしを㉗あおりたてた。

雨《あま》あしが細くなって峰《みね》が明るんできた。もう十分も待てばきれいに晴れあがると、しきりに引きとめられたけれども、じっとすわっていられなかった。

「おじいさん、お大事《だいじ》になさいよ。寒くなりますからね。」と、わたしは心からいって立ちあがった。じいさんは黄色い目を重《おも》そうに動かしてかすかにうなずいた。

定今晚要住什麼地方呢?」

明顯地含著輕視之意的老婆婆的話,把我鼓動得幾乎要說,要是那樣的話,就讓舞孃今晚住在我的房間吧!

雨勢變細小了,山峰開始明亮起來。老婆婆再三地挽留我,說只要再等十分鐘就會完全放晴,但我不能一動也不動地靜坐著。

「老公公,請多加保重,天氣漸漸冷起來了。」我由衷地說著,就站了起來。老公公用好像沈重似的轉動著黃色的眼睛微微地點了點頭。

「だんなさま、だんなさま。」と、さけびながらばあさんが追っかけてきた。

「こんなにいただいてはもったいのうございます。申しわけございません。」

そしてわたしのカバンを抱《だ》きかかえてわたそうとせずに、いくらことわってもそのへんまで送るといって承知《しょうち》しなかった。一町ばかりちょこちょこついてきて、おなじことをくり返していた。

「もったいのうございます。おそまついたしました。お顔《かお》をよくおぼえております。こんどお通《とお》りのときにお礼をいたします。このつぎもきっとお㉘立ちよりくださいまし。お忘《わす》れはいたしません。」

「先生！先生！」老婆婆一邊喊，一邊從後面追上來。

「賞這樣多，讓您破費了！眞抱歉！」

而她抱著我的書包不放，不管我怎樣謝絕，她仍堅持要再送我一程。她邁著小步跟了大約一百公尺左右，她重覆相同的話說：

「眞不敢當，沒有好好招待的，我好好地記住你的面孔，下次路過時再答謝你，請你一定要來，我不會忘記的。」

わたしは五十銭《せん》銀《ぎん》貨《か》を一枚《いちまい》おいただけだったので、痛《いた》くおどろいて涙《なみだ》がこぼれそうに感《かん》じているのだったが、踊り子に早《はや》く追《お》いつきたいものだから、ばあさんの㉙よろよろした足《あし》取《と》りがめいわくでもあった。とうとう峠《とうげ》のトンネルまできてしまった。

「どうもありがとう。おじいさんがひとりだから帰ってあげてください。」とわたしがいうと、ばあさんはやっとのことでカバンをはなした。

暗《くら》いトンネルにはいると、冷《つめ》たいしずくがぽたぽた落ちていた。南《みなみ》伊《い》豆《ず》への出《で》口《ぐち》が前方に小さく明るんでいた。

就因爲我只不過放下一枚五角硬幣，她卻感到驚訝得似乎要掉下眼淚的樣子，但是我想趕快追上舞孃，所以對老婆婆的一搖一擺的慢步感到不耐煩。終於來到了山嶺的隧道了。

「眞是謝謝您了，老公公一個人在家裡，請快回去吧！」我這樣一說，老婆婆才放開書包。

一走進黑暗的隧道，冰冷的水珠，就滴滴地落下來，到南伊豆的出口處，在前面有小小的亮光。

二

トンネルの出口から白ぬりの柵《さく》に片側《かたがわ》を縫《ぬ》われた峠道《とうげみち》がいなずまのように流れていた。この模型《もけい》のような展望《てんぼう》のすそのほうに芸人《げいにん》たちのすがたが見えた。六町《ちょう》といかないうちにわたしはかれらの一行《こう》に追いついた。しかしきゅうに歩《ほ》調《ちょう》をゆるめることもできないので、わたしは冷《れい》淡《たん》なふうに女たちを追いこしてしまった。十間《けん》ほど先《さき》にひとり歩いていた男がわたしを見ると立ちどまった。

「お足が早いですね。——いい㉚あんばいに晴《は》れました。」

わたしはほっとして男とならんで歩きはじめた。男はつぎつぎにいろんなことをわたしにき

二

從隧道的出口處，單邊用白色漆的木柵攔起來的山頂路，像閃電似的，蜿蜒而下。在這個好像模型似的瞭望的山麓地方看到了藝人們的影子。相距不到六百公尺，我追上了他們一行人，但是不能一下子就把脚步放慢，所以我裝著冷淡的樣子，追過了女孩們。在前面約十八公尺單獨走著的男人，一看到我便站住了。

「你的脚步眞快——幸虧天已經放晴了。」

我鬆了一口氣，和他並肩而行，他接二連三地問了種種事，看到了我們開始談話，

いた。ふたりが話しだしたのを見て、うしろから女たちがばたばた走りよってきた。

男は大きい柳行李《やなぎごうり》を背負《せお》っていた。四十女は小犬をだいていた。上のむすめがふろしき包み、中のむすめが柳行李《やなぎごうり》、それぞれ大きい荷物《にもつ》を持っていた。踊《おど》り子《こ》は太鼓《たいこ》とそのわくを負《お》うていた。四十女も㉛ぽつぽつわたしに話しかけた。

「高等学校《こうとうがっこう》の学生さんよ。」と、上のむすめが踊《おど》り子《こ》にささやいた。わたしがふりかえると笑いながらいった。

「そうでしょう。それくらいのことは知っています。島へ学生さんがきますもの。」

一行は大島《おおしま》の波浮《はぶ》の港《みなと》の人たちだった。春に島をでてから旅をつづけているのだが、寒くな

女孩們從後面吧嗒吧嗒地跑了過來。

男的揹著大柳條做的箱子，四十多歲的女人抱著小狗。年紀較大的女孩拿著被包袱，而年紀較小的提著柳條箱，各自拿著大行李。舞孃揹著大鼓和鼓架。四十多歲的女人也開始一點一點的和我閒談著。

「是高中的學生哪！」年紀較大的向舞孃私語。我一回頭，她笑著說：

「是吧！這一點我知道，學生們到島上來？」

他們一行是大島波浮港的人。春天離開大島之後，一直旅行著，因為天氣漸冷，沒

るし、冬の用意《ようい》はしてこないので、下田に十日ほどいて伊東温泉《いとうおんせん》から島へ帰るのだといった。大島ときくとわたしはいっそう詩《し》を感じて、また踊《おど》り子の美しい髪《かみ》をながめた。大島《おおしま》のことをいろいろたずねた。

「学生さんがたくさん泳《およ》ぎにくるね。」と、踊り子がつれの女にいった。

「夏でしょう。」と、わたしがふりむくと、踊り子はどぎまぎして、

「冬でも……」と、小声で答えたように思われた。

「冬でも？」

踊り子はやはりつれの女を見て笑った。

「冬でも泳げるんですか。」と、わたしがも

有做冬天的準備，因此，據說在下田停留十天左右，然後從伊東溫泉回大島去。一聽到大島，我更加感到詩味，又再看看舞孃的美麗的秀髮，我問了許多有關大島的事。

「有很多學生來游泳！」舞孃對著她的同伴說。

「是夏天吧！」我回頭問，舞孃手足無措的。

「冬天也有……。」舞孃低聲回答著。

「冬天也有？」

舞孃仍看著她的同伴笑了。

「冬天也能游泳嗎？」我再說了一遍，

う一度いうと、踊り子は赤くなって、非常《ひじょう》にまじめな顔をしながら軽《かる》くうなずいた。

「ばかだ。この子は。」と、四十女が笑った。

湯《ゆ》が野《の》までは河津川《かわつがわ》の渓谷《けいこく》にそうて三里あまりのくだりだった。峠《とうげ》をこえてからは、山や空の色までが南国《なんごく》らしく感じられた。わたしと男とはたえず話しつづけて、すっかり親《した》しくなった。荻乗《おぎのり》や梨本《なしもと》なぞの小さい村里《むらざと》をすぎて、湯《ゆ》が野《の》のわら屋根《やね》がふもとに見えるようになったころ、わたしは下田《しもだ》までいっしょに旅をしたいと㉜思いきっていった。かれはたいへん喜んだ。

湯《ゆ》が野《の》の木賃宿《きちんやど》の前で四十女が、ではお別《わか》れ、という顔をしたときに、かれはいってくれた。

「このかたはおつれになりたいとおっしゃる

舞孃滿臉通紅，表情十分認眞輕輕地點點頭。

「這孩子眞傻。」中年女子笑著說。

沿著河津的溪谷，走三里多的下行路就到湯野。越過山頂之後，出了隘口，山和天的顏色都給人有著南國的感覺。我不停地和那男子談話，完全變得很熟了。經過荻乘和梨本等小村莊。當看到湯野的茅屋頂在山脚下時，我毅然決然地說，我希望和他們一起旅行到下田，他非常的高興。

在湯野的小客棧前面，四十歲的女人露出要告別的表情時，他替我說：

「這位先生要和我們一起去。」

んだよ。」

「それは、それは。㉝旅は道連《みちづ》れ、世は情《なさ》け。わたしたちのようなつまらない者でも、ご㉞たいくつしのぎにはなりますよ。まあ、あがってお休みなさいまし。」と無造作《むぞうさ》に答えた。むすめたちは一時《いちどき》にわたしを見たが、しごくなんでもないという顔でだまって、すこし恥《は》ずかしそうにわたしをながめていた。

みんなといっしょに宿屋《やどや》の二階へあがって荷《に》物《もつ》をおろした。たたみやふすまも古びてきたなかった。踊《おど》り子《こ》が下から茶をはこんできた。わたしのまえにすわると、まっかになりながら手をぶるぶるふるわせるので茶《ちゃ》わんが茶《ちゃ》たくから落ちかかり、落とすまいとたたみにおく拍子《ひょうし》に

「是啊！是啊！出門靠朋友，處世靠人情。即使像我們這樣無用的人，也可以替你排愁解悶，請進來休息吧。」她漫不經心地回答。女孩們同時看了我，顯出毫不在乎的樣子默不作聲，宛如像有點害臊似的望著我。

我和他們一起進入了客棧的二樓房間，放下行李，榻榻米及紙門都很骯髒破舊。舞孃從樓下端茶上來，一坐到我的面前，就臉紅，手有點發抖，茶杯差點從茶盤上掉下來，爲了不讓它掉下來。放在榻榻米上時，茶溢了出來，因她那過份的害臊，使我目瞪口

茶をこぼしてしまった。あまりにひどい㉟はにかみようなので、わたしは㊱あっけにとられた。

「まあ！いやらしい。この子は㊲色気《いろけ》づいたんだよ。あれあれ……」と、四十女があきれ果《は》てたというふうに㊳眉《まゆ》をひそめて手ぬぐいを投げた。踊り子はそれをひろって、きゅうくつそうにたたみをふいた。

この意外《いがい》なことばで、わたしはふと自分をかえりみた。峠《とうげ》のばあさんにあおりたてられた空《くう》想《そう》がぽきんと折れるのを感じた。

そのうちに、とつぜん四十女が、

「書生《しょせい》さんの紺《こん》がすりはほんとにいいねえ。」

といって、しげしげわたしをながめた。

「このかたのかすりは民次《たみじ》とおなじ柄《がら》だね。

呆。

「啊！討厭！這孩子情竇初開了，眞是……。」四十歲的女人，感到意外似的，綯了綯眉，把抹布抛了過來，舞孃拾了起來，很拘束地擦着榻榻米。

因爲這句意外的話，忽然使我反省起來，覺得被茶店的老婆婆，煽起的幻想破碎了。

這時四十歲的女人突然說：

「這位學生所穿的藏青色白點的衣服眞不錯。」而後再三地看著我。

「這位先生的碎白點和民次的是相同花

ね、そうだね。おなじ柄《がら》じゃないかね。」

そばの女にいくども㊴だめを押《お》してからわたしにいった。

「国に学校いきの子どもを残してあるんですが、その子をいま思いだしましてね。その子のかすりとおなじなんですもの。㊵この節《せつ》は紺《こん》がすりもお高くてほんとに困《こま》ってしまう。」

「どこの学校です。」

「㊶尋常《じんじょう》五年なんです。」

「へえ、尋常五年とはどうも……」

「甲府《こうふ》の学校へいってるんでございますよ。長く大島《おおしま》におりますけれど、国《くに》は甲斐《かい》の甲府《こうふ》でございましてね。」

一時間ほど休んでから、男がわたしをべつの

紋吧！是吧！是不是同花紋呢？」

她對旁邊的女孩叮問了幾次之後，才轉頭向我說：

「孩子留在故鄉上學，現在想起了那個孩子。你所穿的衣服和他一樣，近來這種藏青色的白點料子很貴，實在傷腦筋。」

「哪裏的學校？」

「普通的五年級。」

「哦！普通的五年級，實在……。」

「在甲府的學校上課，哦！我們在大島住了許多年，但是故鄉是甲斐的甲府。」

休息了大約一個鐘頭之後，那男的帶我

温泉宿《おんせんやど》へ案内《あんない》してくれた。それまではわたしも芸人《げいにん》たちとおなじ木賃宿《きちんやど》にとまることとばかり思っていたのだった。わたしたちは街道《かいどう》から石ころ道や石段《いしだん》を一町ばかりおりて、小川のほとりにある共同湯《きょうどうゆ》の横の橋をわたった。橋のむこうは温泉宿《おんせんやど》の庭だった。

そこの内湯《うちゆ》につかっていると、あとから男がはいってきた。自分が二十四になることや、女房《にょうぼう》が二度とも流産《りゅうざん》と早産《そうざん》とで子どもを死なせたことなぞを話した。かれは長岡《ながおか》温泉の印《しるし》ばんてんをきているので、長岡の人間だとわたしは思っていたのだった。また顔《かお》つきも話しぶりもそうとう知識的《ちしきてき》なところから、もの好《す》きか芸人《げいにん》のむすめにほれたかで、荷物《にもつ》を持ってやりながら

到另一家溫泉旅社，在這之前，我老想著我也能和藝人們同住在小客棧的。我們從街道走過碎石路及石階，走了約一百公尺，渡過小河邊公共浴室旁的橋，橋的對面就是溫泉旅社的院子。

我泡在室內浴池時，隨後那男人也進來了。他告訴我，他二十四歲，太太兩次流產和早產，失去了孩子。因爲他穿著印有長岡溫泉標誌的上衣，所以我想大概是長岡的人。又從他的容貌和談吐，好像有知識的樣子。也許是由於好奇，或者愛上了藝人的女兒，而爲他們拿行李，隨後跟來。

ついてきているのだと想像《そうぞう》していた。

湯《ゆ》からあがるとわたしはすぐに昼飯《ひるめし》を食べた。湯《ゆ》が島《しま》を朝の八時にでたのだったが、そのときはまだ三時まえだった。

男が帰りがけに、庭からわたしを見あげてあいさつをした。

「これで柿《かき》でもおあがりなさい。二階から失礼《しつれい》。」といって、わたしは金包《かねづつ》みを投げた。男はことわっていきすぎようとしたが、庭に紙包みが落ちたままなので、ひき返してそれをひろうと、

「こんなことをなさっちゃいけません。」とほうりあげた。それがわら屋根《やね》の上に落ちた。わたしがもう一度投げると、男は持って帰った。

出了浴室，我馬上吃了午飯。就早上八點時離開湯島的，而那時還不到三點。
男人臨走時，在院子裏擡頭向我打招呼，告辭。
「這個拿去買柿子或什麼吃，從二樓扔給你，眞抱歉。」我說著，扔了錢包。男人拒絕了，想走過去，但因紙包落在院子，他便折回來撿起來。他說：
「不可以這樣」並把錢包又抛了上來。結果落在茅屋頂上，我又再度的丢下去，男的帶走了。

夕暮《ゆうぐ》れからひどい雨になった。山やまのすがたが遠近《えんきん》をうしなって白くそまり、まえの小川がみるみる黄色くにごって音を高めた。こんな雨では踊《おど》り子《こ》たちが流してくることもあるまいと思いながら、わたしはじっとすわっていられないので二度も三度も湯にはいってみたりしていた。へやはうす暗かった。隣室《りんしつ》とのあいだのふすまを四角《かく》く切り抜《ぬ》いたところに鴨居《かもい》から電《でん》燈《とう》がさがっていて、一つのあかりが二室兼用《けんよう》になっているのだった。

とと<>

ととんとんとん、はげしい雨の音の遠くに太《たい》鼓《こ》のひびきがかすかに生《う》まれた。わたしはかき破《やぶ》るように㊷雨戸《あまど》をあけてからだをのりだした。太鼓《たいこ》の音が近づいてくるようだ。雨風がわたし

傍晚起，雨勢變大，群山的姿態分不出遠近感，染成了白茫茫的一片，前面的小溪眼看著變成濁黃色，流水聲也大了。我心裏一邊想著在這種大雨天舞孃們不會來賣唱吧！我不能一動不動地坐著，便再三地下去浴池。房間昏暗，和鄰室的中間的紙門，剪掉四方形的地方，從上面横木掛著電燈，是一盞燈光兼用兩室。

咚、咚、咚在激烈的雨聲中，聽到遠遠傳來了微微地大鼓聲。我好像抓破似的打開木板套窗，把身體伸出去，大鼓聲似乎逐漸的接近，風雨拍打在我的頭上。我閉目傾聽

の頭をたたいた。わたしは目をとじて耳をすましながら、太鼓《たいこ》がどこをどう歩いてここへくるかを知ろうとした。まもなく三味線《しゃみせん》の音がきこえた。女の長いさけび声がきこえた。にぎやかな笑い声がきこえた。そして芸人《げいにん》たちは木賃宿《きちんやど》とむかいあった料理屋《りょうりや》のお座敷《ざしき》に呼ばれているのだとわかった。二、三人の女の声と三、四人の男の声とがききわけられた。そこがすめばこちらへ流してくるのだろうと待っていた。しかしその酒宴《しゅえん》は㊸陽気《ようき》をこえてばかさわぎになっていくらしい。女の㊹金切《かなき》り声が、ときどきいなずまのようにやみ夜《よ》にするどくとおった。わたしは神経《しんけい》をとがらせて、いつまでも戸をあけたまままじっとすわっていた。太鼓《たいこ》の音がきこえ

，想知大鼓聲音從何處傳到這裡來。不久，聽到了三弦琴的聲音，女人的長叫聲，熱鬧的笑聲，而我知道了藝人們是被叫到在小客棧對面的飯館的宴席上。聽得出二、三個女人和三、四個男人的聲音。我期待著如果他們在那邊結束的話，大概也會到這邊吧！但是，這酒宴可能會超過熱鬧的程度而變成胡鬧。女人的尖叫聲時時像閃電般地劃過黑夜，我全神貫住，總是把門打開而呆坐在那兒，每聽到大鼓聲我的心就開朗了。

るたびに胸がほうと明るんだ。

「ああ、踊《おど》り子《こ》はまだ宴席《えんせき》にすわっていたのだ。すわって太鼓《たいこ》を打っているのだ。」

太鼓《たいこ》がやむとたまらなかった。雨の音の底《そこ》にわたしはしずみこんでしまった。

やがて、みんなが追っかけっこをしているのか、おどりまわっているのか、みだれた足音がしばらくつづいた。そして、ぴたと静まりかえってしまった。わたしは目を光らせた。この静けさがなんであるかをやみをとおして見ようとした。踊り子の今夜がよごれるのであろうかと悩《なや》ましかった。

雨戸《あまど》をとじて床《とこ》にはいっても胸が苦しかった。また湯にはいった。湯を㊺あらあらしくかきま

「啊！舞孃還坐在宴席上，坐著打鼓。」

大鼓聲一停，我就受不了，我沈沒於雨聲之中。

不久，大家是在玩著追趕還是跳舞呢？雜亂的脚步聲持續了一陣子。而後突然地靜止，我睁大眼睛，希望透過這黑暗，看清這寂靜是什麼呢？舞孃今夜會不會受辱呢？我感到煩惱。

雖然，關了木板套窗上了牀，可是，心中苦悶。又進入浴室，用力地亂攪浴池的水

わした。雨があがって、月がでた。雨に洗《あら》われた秋の夜がさえざえと明るんだ。はだしで湯殿《ゆどの》を抜けだしていったって、どうともできないのだと思った。二時をすぎていた。

三

あくる朝の九時すぎに、もう男がわたしの宿《やど》にたずねてきた。起きたばかりのわたしはかれをさそって湯にいった。美しく晴《は》れわたった南《みなみ》伊豆《いず》の小春日和《こはるびより》で、水かさの増《ま》した小川が湯殿《ゆどの》の下にあたたかく日をうけていた。自分にも昨夜の悩《なや》ましさが夢のように感じられるのだったが、わたしは男にいってみた。

「昨夜はだいぶ遅《おそ》くまでにぎやかでしたね。」

。雨停了，月亮出來了，被雨洗過後的秋夜是皎潔明亮。我想，即使這時赤著脚，跑出浴室，也無濟於事。已經過了二點了。

三

第二天早上九點多鐘，那男的就到我的住處來找我。剛起床的我邀他去洗澡。美好晴朗的南伊豆風和日麗，水位高漲的小溪，在浴池下接受著暖和的陽光，我自己覺得昨夜的煩惱，好像作夢般似的，但我試著對男的問：

「昨夜好像到了很晚，還很熱鬧吧！」

「なあに、きこえましたか。」

「きこえましたとも。」

「この土地《とち》の人なんですよ。土地の人はばかさわぎをするばかりで、どうもおもしろくありません。」

かれがあまりに㊻なにげないふうなので、わたしはだまってしまった。

「むこうのお湯にあいつらがきています。——ほれ、こちらを見つけたと見えて笑っていやがる。」

かれに指《ゆび》ざされて、わたしは川むこうの㊼共《きょう》同湯《どうゆ》のほうを見た。湯《ゆ》げのなかに七、八人の裸《ら》体《たい》が㊽ぼんやり浮《う》かんでいた。

ほの暗《くら》い湯殿《ゆどの》の奥から、とつぜん裸《はだか》の女が走

「什麼！你都聽到了嗎？」

「當然聽到了！」

「是本地的人呀！本地人只會胡鬧，相當的沒有意思。」

因爲他顯示出若無其事的樣子，所以我默默不語。

「他們來到了那邊的浴池——看好像發現了我們，在發笑。」

隨著他的手指的方向，我看著河的那邊的浴池。在水蒸氣中模糊地浮現出七、八個裸體的人。

突然從微暗的浴池內部，跑出一個裸體

りだしてきたかと思うと、脱衣場《だついじょう》のとっぱなに川岸へとびおりそうなかっこうで立ち、両手を一ぱいにのばしてなにかさけんでいる。手ぬぐいもないまっ裸《ぱだか》だ。それが踊り子《おどこ》だった。若桐《わかぎり》のように足のよくのびた白い裸身《らしん》をながめて、わたしは心に清水《しみず》を感じ、ほうっと深い息《いき》をはいてから、ことこと笑った。子どもなんだ。わたしたちを見つけた喜びでまっ裸《ぱだか》のまま日の光のなかにとびだし、つまさきで背《せ》一ぱいにのびあがるほどに子どもなんだ。わたしはほがらかな喜びでことことと笑いつづけた。頭がぬぐわれたようにすんできた。微笑《びしょう》がいつまでもとまらなかった。

踊り子の髪《かみ》がゆたかすぎるので、十七、八に

的女子來，用好像要跳入溪中似的姿勢，站在更衣處突出的尖端，伸開雙手，不知叫喊著什麼。連毛巾都沒有的，赤裸裸。原來是那舞孃，眺望著好像若桐那樣，有著修長的腿的潔白裸體，我的心裡泛起了清涼之感，深深吸了一口氣之後，就咯咯地笑，到底是個小孩子，因爲她發現了我們，高興得赤裸著，奔出陽光下，用脚尖墊起身體來那樣的孩子氣。我因爽朗的歡樂而繼續咯咯地發笑，腦子裏好像擦淨般的澄清，微笑久久未曾消失。

由於舞孃的頭髮太多了，看起來像十七

見えていたのだ。そのうえ、むすめざかりのように装《よそお》わせてあるので、わたしはとんでもない思いちがいをしていたのだ。

男といっしょにわたしのへやに帰っていると、まもなく上のむすめが宿の庭へきて菊畑《きくばたけ》を見ていた。踊り子が橋を半分ほどわたっていた。四十女が共同湯《きょうどうゆ》をでてふたりのほうを見た。踊り子はきゅっと肩《かた》をつぼめながら、しかられるから帰ります、というふうに笑って見せていそぎ足にひきかえした。四十女が橋まできて声をかけた。

「お遊《あそ》びにいらっしゃいまし。」

「お遊びにいらっしゃいまし。」

上のむすめもおなじことをいって、女たちは

、八歲。加上裝扮成姑娘，所以引起我無謂的誤猜。

和那男的一起。回到房間，不久，年長的女孩，到旅館的院子看菊花圃。舞孃渡過橋的一半左右，那四十多歲的婦女走出公共浴池，朝二個女孩這邊看。舞孃聳聳肩笑著，好像說會被挨罵，要回去了。就快步走回。那四十多歲的婦女走到橋上說：

「請來玩！」

「請來玩！」

年長的女孩亦說了相同的話，而後女人

帰っていった。男は㊾とうとう夕方《ゆうがた》まですわりこんでいた。

夜、紙類《かみるい》を卸《おろ》してまわる行商人《ぎょうしょうにん》と㊿碁《ご》を打っていると、宿《やど》の庭にとつぜん太鼓《たいこ》の音がきこえた。わたしは立ちあがろうとした。

「流《なが》しがきました。」

「ううん、つまらない、あんなもの。さ、さ、あなたの手ですよ。わたしここへ打ちました。」

と、碁盤《ごばん》をつつきながら紙屋は勝負《しょうぶ》に夢中《むちゅう》だった。わたしはそわそわしているうちに芸人《げいにん》たちはもう帰り道《みち》らしく、男が庭から、

「今晩《こんばん》は。」と声をかけた。

わたしはろうかにでて手まねきした。芸人《げいにん》たちは庭でちょっとささやきあってから玄関《げんかん》へま

們回去了。男的終於坐到傍晚。

晚上，我和四處售紙類的商人下圍棋時，旅館的院子突然響起了大鼓的聲音，我想站起來。

「賣藝的人來了。」

「嗯！無聊！那種玩意兒，來、來，輪到你了，我下在這兒。」紙商指著棋盤，正熱中於輪贏。當我正當心神不定時，藝人們好像已經回來了，那男的從院子裏對我說：

「晚安！」

我走到走廊向他招手，藝人們在院中低語一下之後，就繞道玄關去了。在那男人之

わった。男のあとからむすめが三人順々《じゅんじゅん》に、

「今晩《こんばん》は。」と、ろうかに手をついて芸者《げいしゃ》のようにおじぎをした。碁盤《ごばん》の上ではきゅうにわたしの負け色《いろ》が見えだした。

「これじゃしかたがありません。投《な》げですよ。」

「そんなことがあるもんですか。わたしのほうが悪いでしょう。どっちにしても細《こま》かいです。」

紙屋は芸人《げいにん》のほうをみむきもせずに、碁盤《ごばん》の目を一つ一つ数《かぞ》えてから、ますます注意《ちゅうい》深く打っていった。女たちは太鼓《たいこ》や三味線《しゃみせん》をへやのすみにかたづけると、将棋盤《しょうぎばん》の上で(52)五目《もく》ならべをはじめた。そのうちにわたしは勝っていた碁《ご》を負けてしまったのだが、紙屋は、

「いかがですもう一石《せき》、もう一石願《ねが》いましょ

後，三位少女依序向我打招呼：
「晚安」我把手按在走廊地板上像藝妓般的行了禮。棋盤上突然開始顯露我已落敗。
「要是這樣就沒辦法了！我輸了！」
「沒那回事，我這邊比較不好呢！雙方都差不多不分高低。」
紙商連看也不看藝人那邊，數著一個一個棋盤的眼之後，更加小心的落子。女子們把大鼓和三弦琴整理好，放在屋子的角落裏，在將棋盤上開始「五子棋」這時我把贏的棋子輸掉了。紙商：
「怎麼樣？再來一盤，再來一盤！」

う。」と、しつっこくせがんだ。しかしわたしが意味《いみ》もなく笑っているばかりなので紙屋はあきらめて立ちあがった。

むすめたちが碁盤《ごばん》の近くへでてきた。

「今夜はまだこれからどこかへまわるんですか。」

「まわるんですが。」と、男はむすめたちのほうを見た。

「どうしよう。今夜はもうよしにして遊ばせていただくか。」

「うれしいね。うれしいね。」

「しかられやしませんか。」

「なあに、それに歩いたってどうせお客がないんです。」

這樣的執拗的央求著。但是我沒有意味著什麼笑著，紙商死了心站起來。

女子們靠近棋盤邊來。

「今晚還要到那兒去繞一下？」

「是要繞一下的。」男的看了姑娘們那邊說。

「怎麼樣？今晚就這樣好讓我們在這兒玩玩好嗎？」

「好高興！好高興！」

「不會被挨罵吧！」

「什麼！出去走走也不會有顧客的。」

そして五目ならべなぞをしながら、十二時すぎまで遊んでいった。

踊《おど》り子《こ》が帰ったあとは、とても眠《ねむ》れそうもなく㊸頭がさえざえしているので、わたしはろうかにでて呼んでみた。

「紙屋さん、紙屋さん。」

「よう……」と、六十ちかいじいさんがへやからとびだし、勇《いさ》みたっていった。

「今晩《こんばん》は徹夜《てつや》ですぞ。打ちあかすんですぞ。」

わたしもまた非常《ひじょう》に好戦的《こうせんてき》な気持ちだった。

四

そのつぎの朝八時が湯《ゆ》が野出立《のしゅったつ》の約束《やくそく》だった。

わたしは共同湯《きょうどうゆ》の横で買った㊹鳥打《とりう》ち帽《ぼう》をかぶ

因此，他們玩「五子棋」，一直到十二點過後才回去。

舞孃回去之後，我好像不容易入睡，腦子是清醒的，就走到走廊上呼叫著。

「紙商先生，紙商先生。」

「噢！」將近六十歲的老公公從房間裏跑出來，精神飽滿的說著：

「今晚可以下個通宵啊！跟你們下到天亮喲。」

我也有非常好戰的心情。

四

我們約好第二天早上八點從湯野出發。

我戴上了在共同浴池邊買的鴨舌帽。把高中

り、高等学校の制帽《せいぼう》をカバンの奥におしこんでしまって、街道《かいどう》ぞいの木賃宿《きちんやど》へいった。二階の戸障子《としょうじ》がすっかりあけはなたれているので、なんの気なしにあがっていくと、芸人《げいにん》たちはまだ床《とこ》のなかにいるのだった。わたしはめんくらってろうかにつっ立っていた。

わたしの足㊺もとの寝床《ねどこ》で、踊《おど》り子《こ》がまっかになりながら両のてのひらではたと顔をおさえてしまった。かのじょは中のむすめと一つの床《とこ》に寝ていた。昨夜の濃い化粧《けしょう》がのこっていた。くちびるとまなじりの紅《べに》がすこしにじんでいた。この情緒的《じょうちょてき》な寝《ね》すがたがわたしの胸をそめた。かのじょはまぶしそうにくるりと寝返《ねがえ》りして、てのひらで顔をかくしたままふとんをすべりで

的校帽塞入書包裏。到沿著街的小客棧去，因爲二樓的紙門完全敞開着。於是我就不在乎地上去。而那些藝人們還在床上，我不知所措，呆立於走廊上。

在我脚邊的被窩裏，舞孃滿臉通紅，用雙手叭喳一聲，按在臉上，她和其中的一女子睡在一起，昨夜的濃粧還殘留著。嘴唇和眼角的紅色有點滲開來了。這種情趣的睡姿感染了我的心。她好像晃眼似的一下子翻了身，用手掌仍掩著臉，從被窩中鑽出來，坐在走廊上，又很優美的行了個禮說：「昨天晚上，謝謝你。」使站著的我手足無措。

ると、ろうかにすわり、「昨晩《さくばん》はありがとうございました。」と、きれいなおじぎをして、立ったままのわたしをまごつかせた。

男は上のむすめとおなじ床《とこ》に寝ていた。それを見るまでわたしは、ふたりが夫婦《ふうふ》であることをちっとも知らなかったのだった。

「たいへんすみませんのですよ。きょうたつつもりでしたけれど、今晩《こんばん》お座敷《ざしき》がありそうでございますから、わたしたちは一日のばしてみることにいたしました。どうしてもきょうおたちになるなら、また下田《しもだ》でおめにかかりますわ。わたしたちは甲州屋《こうしゅうや》という宿屋《やどや》にきめておりますから、すぐおわかりになります。」と四十女が寝床《ねどこ》からなかば起きあがっていった。わたし

男的和年長的姑娘共睡一床，沒有看到這之前，我不知道他們是夫妻。

「非常抱歉，本來打算今天走的，但是今晚好像有宴會，所以我們決定延期一天。如果你今天要走的話，那我們在下田見面。我們決定住在下田的甲州屋旅館。很容易找到的。」那四十歲的女人，從床上起個半身子說著，我有被拋棄的感覺。

はつっぱなされたように感じた。

「あすにしていただけませんか。おふくろが一日のばすって承知《しょうち》しないもんですからね。道連《みちづ》れのあるほうがよろしいですよ。あすいっしょにまいりましょう。」と男がいうと、四十女もつけくわえた。

「そうなさいましょ。せっかくおつれになっていただいて、こんなわがままを申しちゃすみませんけれど。あすは㊻槍《やり》が降《ふ》ってもたちます。あさってが旅で死んだあかんぼうの四十九日でございましてね、四十九日には心ばかりのことを、下田《しもだ》でしてやりたいとまえまえから思って、その日までに下田へゆけるように旅をいそいだのでございますよ。そんなこと申しちゃ失礼《しつれい》で

「明天不可以嗎？因爲媽媽要多延期一天。有伴旅行比較好吧！明天一起走吧！」那男的說，那女的又補充說：

「就這麼辦吧！」好不容易結成了旅伴，請原讓我的任性，但是，明天無論發生什麼事情也要出發。因爲後天是旅途死去的嬰兒的第四十九天，以前就一直想要在那天在下田聊表自己的心意，亦就是急著要去下田的原因。這樣說也許很失禮，但是緣份是不可思議的，後天請你也來參加。」

すけれど、ふしぎなご縁《えん》ですもの、あさってはちょっとおがんでやってくださいましな。」

そこでわたしは出立《しゅったつ》を(57)のばすことにして階《かい》下《か》へおりた。みんなが起きてくるのを待ちながら、きたない帳場《ちょうば》で宿《やど》の者と話していると、男がさんぽにさそった。街道《かいどう》をすこし南へいくときれいな橋があった。橋の欄干《らんかん》によりかかって、かれはまた身《み》のうえ話をはじめた。東京である新派《しんぱ》役者《やくしゃ》の群《む》れにしばらくくわわっていたとのことだった。いまでもときどき大島《おおしま》の港《みなと》で芝居《しばい》をするのだそうだ。かれらの荷物《にもつ》のふろしきから刀のさやが足のようにはみだしていたのだったが、お座敷《ざしき》でも芝居《しばい》のまねをして見せるのだといった。柳行李《やなぎごうり》のなかはその衣装《いしょう》やなべ茶《ちゃ》わ

於是，我決定延期離開，就到樓下來。一面等待他們起床，一面在骯髒的套房中和旅館的人談話時，那男的邀我去散步。在街道向南走不遠的地方有一座美麗的橋。他依靠著橋欄干，又開始訴說自己的身世。在東京他曾參加一個新派劇演員的團體。現在亦時常在大島港埠演戲。記得在他們的行李中有刀鞘像脚似的突出於包袱外。他說也在宴席上演出讓人看。在柳條製行李內就是那些衣服，碗鍋等家庭用具。

んなぞの所帯道具《しょたいどうぐ》なのである。

「わたしは身《み》をあやまったはてにおちぶれてしまいましたが、兄が甲府《こうふ》でりっぱに家の㊽跡《あと》目《め》をたてていてくれます。だからわたしはまあいらないからだなんです。」

「わたしはあなたが長岡温泉《ながおかおんせん》の人だとばかり思っていましたよ。」

「そうでしたか。あの上のむすめが㊾女房《にょうぼう》ですよ。あなたより一つ下、十九でしてね、旅の空で二度めの子どもを早産《そうざん》しちまって、子どもは一週間ほどして息がたえるし、女房《にょうぼう》はまだからだがしっかりしないんです。あのばあさんは女房《にょうぼう》の実《じつ》のおふくろなんです。踊《おど》り子《こ》はわたしの実《じつ》の妹ですが。」

「我因誤入歧途，才如此地落魄，家兄在甲府給我安置了一個宏偉的家，所以我是個無用之人。」

「我以爲你是長岡溫泉的人呢？」

「是嗎？那年紀長的女子就是我太太，比你少一歲，十九歲，在旅途中第二個孩子早產，孩子活了一星期才死去，我太太的身體還沒有康復，那中年婦人是我太太的親生母親，那舞孃是我妹妹。」

「へえ。十四になる妹《いもうと》があるっていうのは――」

「あいつですよ。妹《いもうと》にだけはこんなことをさせたくないと思いつめていますが、そこにはまたいろんな事情《じじょう》がありましてね。」

それから、自分が栄吉《えいきち》、女房が千代子《ちよこ》、妹が薫《かおる》ということなぞを教えてくれた。もうひとりの百合子《ゆりこ》という十七のむすめだけが大島生まれで雇《やと》いだとのことだった。栄吉《えいきち》はひどく感傷的《かんしょうてき》になって泣きだしそうな顔をしながら川瀬《かわせ》を見つめていた。

ひきかえしてくると、おしろいを洗いおとした踊《おど》り子《こ》が道ばたにうずくまって犬の頭をなでていた。わたしは自分の宿《やど》に帰ろうとしていっ

「哦！你說有個十四歲的妹妹——。」

「就是她，本來不想讓她操此行業，但是亦有不得已的苦衷。」

然後，告訴我，他自己名叫榮吉，太太是千代子，妹妹是薰等等。另外一個是十九歲的姑娘叫百合子，她是大島人雇來的。榮吉十分感傷，帶着欲哭的表情凝視著川瀨河畔。

一回來時看到洗掉化粧的舞孃，蹲在路旁撫摸著小狗的頭。我想要回自己的旅館說：

た。

「遊《あそ》びにいらっしゃい。」

「ええ。でもひとりでは……」

「だからにいさんと。」

「すぐにいきます。」

まもなく栄吉《えいきち》がわたしの宿《やど》へきた。

「みんなは？」

「女どもはおふくろがやかましいので。」

しかし、ふたりがしばらく五目《もく》ならべをやっていると、女たちが橋をわたってどんどん二階へあがってきた。いつものようにていねいなおじぎをしてろうかにすわったまま㊵ためらっていたが、一番に千代子が立ちあがった。

「これはわたしのへやよ。さあどうぞごえん

「來玩吧！」

「好的，不過我一個人……」

「所以和哥哥一起來。」

「馬上去。」

不久榮吉來到了我的旅館。

「大家呢？」

「女孩子們因爲媽媽太嚴了所以。」

但是，我們兩人玩五子棋，玩了一會兒，女孩子們過了橋很快的到二樓來了。和平常一樣，恭敬地行了禮後，坐在走廊躊躇著，千代子先站起來。

「這是我的房間呀！來！不要客氣，請

りょなしにお通りください。」

一時間ほど遊《あそ》んで芸人《げいにん》たちはこの宿《やど》の内湯《うちゆ》へいった。いっしょにはいろうとしきりに誘《さそ》われたが、若い女が三人もいるので、わたしはあとからいくとごまかしてしまった。すると踊《おど》り子《こ》がひとりすぐにあがってきた。

「(61)肩《かた》を流してあげますからいらっしゃいませって、ねえさんが。」と、千代子《ちよこ》のことばをつたえた。

湯《ゆ》にはいかずに、わたしは踊り子と五目《もく》をならべた。かのじょはふしぎに強《つよ》かった。(62)勝《か》ち継《つ》ぎをやると、栄吉《えいきち》や他の女は(63)造作《ぞうさ》なく負けるのだった。五目ではたいていの人に勝つわたしが(64)力いっぱいだった。わざと甘い石を打っ

進來。」

玩了一個小時左右，藝人們到這個旅館的浴室去。再三地邀我一起洗澡，但因有三個年輕女子，我便推說隨後就到。這麼一來，舞孃獨自馬上上來說：

「我姊說要替你搓背。」這樣地傳達了千代子的話。

我沒有去浴室，和舞孃玩五子棋，她出奇的高強，採用淘汰賽時，榮吉和其他女子毫不費事的被打敗了。在五子棋方面，通常是贏家的我，也是相當的吃力的，不必故意地讓她棋子，所以感到很痛快，因爲只有兩

てやらなくともいいのが気持《きも》ちよかった。ふたりきりだから、はじめのうちかのじょは遠くのほうから手をのばして石をおろしていたが、だんだん㊺われを忘れて一心に碁盤《ごばん》の上へおおいかぶさってきた。ふしぜんなほど美しい黒髪《くろかみ》がわたしの胸にふれそうになった。とつぜん、ぱっと赤くなって、

「ごめんなさい。しかられる。」と、石を投げだしたままとびだしていった。共同湯《きょうどうゆ》のまえにおふくろが立っていたのである。千代子《ちよこ》と百合子《ゆりこ》もあわてて湯からあがると、二階へはあがってこずに逃げて帰った。

この日も、栄吉《えいきち》は朝から夕方《ゆうがた》までわたしの宿《やど》に遊んでいた。純朴《じゅんぼく》でしんせつらしい宿のおか

個人，起初她遠遠的把手臂伸長過來放下棋子，漸漸的忘了一切，一心一意的玩，上身覆蓋在棋盤子上，美得超乎自然的秀髮幾乎要碰到我的胸部，突然，她紅著臉：

「對不起，會挨罵的。」就丟下棋子跑出去了，因爲母親站在共同浴室前面，千代子和百合子亦慌慌張張的從浴室出來，也不到二樓來，就跑回去了。

這天榮吉也從早上到晚上都在我的旅館玩。純樸、親切似的旅館老板娘向我忠告說

みさんが、あんな者にご飯《はん》をだすのはもったいないといって、わたしに忠告《ちゅうこく》した。

夜、わたしが木賃宿《きちんやど》にでむいていくと、踊り子はおふくろに三味線《しゃみせん》をならっているところだった。わたしを見るとやめてしまったが、おふくろのことばでまた三味線《しゃみせん》を抱《だ》きあげた。歌う声がすこし高くなるたびに、おふくろがいった。

「声をだしちゃいけないっていうのに。」

栄吉《えいきち》はむかい側《がわ》の料理屋《りょうりや》の二階座敷《ざしき》に呼ばれてなにかうなっているのが、こちらから見えた。

「あれはなんです。」

「あれ――謡《うたい》ですよ。」

「謡《うたい》はへんだな。」

「(66)八百屋《やおや》だからなにをやりだすかわかりゃ

，請那種人吃飯，是很可惜的。

晚上我到客棧時，是舞孃正向媽媽學習三弦琴的時候，一看到我就停下來，因爲媽媽的話，又抱起三弦琴。每次歌聲略高時，媽媽就說：

「不是告訴過妳不要發出聲音嗎？」

從這裏可以看到榮吉被叫到對面餐廳的二樓，不知在低吟著什麼？

「那是什麼？」

「那是——謠曲。」

「謠曲怪怪的。」

「因爲他是萬事通，所以不知道要表演

しません。」

そこへこの木賃宿《きちんやど》の間《ま》をかりて鳥屋《とりや》をしているという四十前後《ぜんご》の男がふすまをあけて、ごちそうをするとむすめたちをよんだ。踊《おど》り子《こ》は百《ゆ》合《り》子《こ》といっしょに箸《はし》を持って隣《となり》の間《ま》へいき、鳥屋が食べあらしたあとの鳥《とり》なべをつついていた。こちらのへやへいっしょに立ってくるとちゅうで、鳥屋が踊り子の肩《かた》をかるくたたいた。おふくろが恐《おそ》ろしい顔をした。

「こら。この子にさわってくれでないよ。生《き》むすめなんだからね。」

踊り子はおじさんおじさんといいながら、鳥《とり》屋《や》に『水戸黄門漫遊記《みとこうもんまんゆうき》』を読《よ》んでくれとたのんだ。しかし鳥屋はすぐに立っていった。つづき

什麼呢？」

這時，住在這間小客棧中，據說是賣鳥的四十歲左右的男人拉開紙門，叫女子們過去，要請他們吃東西。舞孃和百合子一起拿著筷子，到隔壁的房間去，在鳥商吃剩的鷄肉火鍋中夾東西吃，在一起返回這邊房間的中途時，鳥商輕輕地拍了一下舞孃的肩膀，媽媽呈現著可怕的表情。

「喂！不要碰這個孩子，因爲她是個處女喲！」

舞孃一邊叫叔叔、叔叔，一邊央求鳥商唸「水戸黄門漫遊記」給她聽。但是那鳥商馬上站起來走了。因爲不敢直接對我說繼續

を読んでくれとわたしに直接《ちょくせつ》いえないので、おふくろからたのんでほしいようなことを、踊り子がしきりにいった。わたしは一つの期待《きたい》をもって講談本《こうだんぼん》を取りあげた。(67)はたして踊り子が(68)するすると近よってきた。わたしが読みだすと、かのじょはわたしの肩《かた》にさわるほどに顔をよせて(69)しんけんな表情《ひょうじょう》をしながら、目をきらきらかがやかせて、一心《いっしん》にわたしの額《ひたい》をみつめ、またたき一つしなかった。これはかのじょが本を読んでもらうときの癖《くせ》らしかった。さっきも鳥屋とほとんど顔を重《かさ》ねていた。わたしはそれを見ていたのだった。この美しく光る黒目《くろめ》がちの大きい目は踊り子のいちばん美しい持ちものだった。(70)二重《ふたえ》まぶたの線がいいようなくきれ

唸，因此再三地央求媽媽要她對我說。我帶着一種期待拿起故事書。果然那舞孃漸漸的靠近過來。我一開始朗讀，她把臉湊過來幾乎要碰到我的肩部，表情認眞，眼睛閃閃發光，一眨也不眨，一心一意地注視著我的額頭。這好像是她聽書時的習慣吧！我剛才也看到幾乎要和鳥商的臉重疊在一起的那情形。美得發亮的黑眸大眼睛，是舞孃最美的部份，雙眼皮的線條美得無法形容。還有笑得像花似的。笑得像花這句話，對她是正確的。

いだった。それからかのじょは花のように笑うのだった。花のように笑うということばがかのじょにはほんとうだった。

まもなく、料理屋《りょうりや》の女中が踊り子をむかえにきた。踊り子は衣装《いしょう》をつけてわたしにいった。

「すぐもどってきますから、待っていてつづきを読んでくださいね。」

それからろうかにでて(71)手をついた。

「いってまいります。」

「けっして歌うんじゃないよ。」とおふくろがいうと、かのじょは太鼓《たいこ》をさげて軽くうなずいた。おふくろはわたしをふりむいた。

「いまちょうど(72)声がわりなんですから——」

踊《おど》り子は料理屋《りょうりや》の二階にきちんとすわって太《たい》

不久，餐館的女佣人來接舞孃，舞孃穿了衣服對我說：

「我馬上就回來，請等一等，繼續唸給我聽哦！」

然後在走廊兩手扶地說：

「我走了。」

「決不能唱哦！」媽媽說時，她拿起大鼓輕輕地點了點頭。媽媽回過頭來對我說：

「因爲她現在剛好在變聲調。」

舞孃在餐館的二樓上端正地坐著敲著鼓

鼓《こ》を打っていた。その後《うし》ろすがたが隣座敷《となりざしき》のことのように見えた。太鼓《たいこ》の音はわたしの心を晴れやかにおどらせた。

「太鼓《たいこ》がいはいるとお座敷《ざしき》が浮《う》きたちますね。」

とおふくろもむこうを見た。

千代子《ちよこ》も百合子《ゆりこ》もおなじ座敷《ざしき》へいった。

一時間ほどすると四人いっしょに帰ってきた。

「これだけ……」と、踊り子は(73)握《にぎ》りこぶしからおふくろのてのひらへ五十銭銀貨《せんぎんか》をざらざら落とした。わたしはまたしばらく『水戸黄門《みとこうもん》漫遊記《まんゆうき》』を口読《こうどく》した。かれらはまた旅で死んだ子どもの話をした。水のように透《す》きとおったあかんぼうが生《う》まれたのだそうである。泣く力もなかったが、それでも一週間息《いき》があったそうで

，她的背影看起來好像在隔壁的宴席上似的。大鼓的聲音使我心情爽朗地舞動了。

「大鼓一響起，宴席就熱鬧呢！」媽媽也望著那邊說。

千代子和百合子也到相同的宴席去。

大約一個小時後，四個人一起回來了。

「只有這些……」舞孃從握著的拳頭把五角的硬幣嘩啦嘩啦地掉落在媽媽的手掌上。我又唸了一會兒「水戶黃門漫遊記」。他們又談到旅途中夭折的孩子。據說生了個透明如水的嬰兒，連哭的力氣也沒有，雖然那樣，據說只活了一星期。

ある。
好奇心《こうきしん》もなく、軽蔑《けいべつ》もふくまない、かれらが旅芸人《たびげいにん》という種類《しゅるい》の人間であることを忘れてしまったような、わたしの尋常《じんじょう》な好意《こうい》は、かれらの胸にも(75)しみこんでいくらしかった。わたしはいつのまにか大島《おおしま》のかれらの家へいくことにきまってしまっていた。

「じいさんのいる家ならいいね。あすこなら広いし、じいさんを追いだしとけば静かだから、いつまでいなさってもいいし、勉強もおできなさるし。」なぞとかれら同士《どうし》で話しあってはわたしにいった。

「小さい家を二つ持っておりましてね、山のほうの家はあいているようなものですもの。」

既沒有好奇心，也沒有輕視感，好像把他們是巡迴演藝人員忘記似的，我的這種平凡的好意，似乎也滲入他們的心裏。我在不知不覺間決定到大島他們的家去。

「如果是爺爺住的房子就好了，那裏是寬敞的，只要讓爺爺搬出去的話，就很安靜，不管住多久都沒有關係，也可以唸書。」他們商量好了之後對我說：

「有二間小屋，山上的那邊的房子，等於是空著的。」

また正月にはわたしが手つだってやって、波《は》浮《ふ》の港《みなと》でみんなが芝居《しばい》をすることになっていた。

かれらの旅心《たびごころ》は、さいしょわたしが考えていたほど(76)世知《せち》がらいものでなく、野のにおいをうしなわないのんきなものであることも、わたしにわかってきた。親子兄弟《おやこきょうだい》であるだけに、それぞれ肉親《にくしん》らしい愛情《あいじょう》でつながりあっていることも感じられた。雇《やと》い女の百合子《ゆりこ》だけは、はにかみざかりだからでもあるが、いつもわたしのまえで(77)むっつりしていた。

夜半《やはん》をすぎてからわたしは木賃宿《きちんやど》をでた。むすめたちが送ってでた。踊《おど》り子《こ》がげたをなおしてくれた。踊《おど》り子《こ》は門口《かどぐち》から首をだして、明るい空をながめた。

又決定新年由我幫忙，大家在波浮的港埠演戲。

他們的旅情，並非最初我所想像的那麼辛酸，他們不失鄉土的氣息的悠閒。同時我又感覺到，到底是母女兄妹，好像各有其親情連繫著。只有雇來的百合子正是羞怯的年齡，在我面前總是沈默寡言。

過了半夜之後，我離開了小客棧，女子們出來送我，舞孃替我把木屐擺好。舞孃從門口把頭伸出，望著明亮的天空。

「ああ、お月さま。——あしたは下田《しもだ》、うれしいな。あかんぼうの四十九日をして、おっかさんに櫛《くし》を買ってもらって、それからいろんなことがありますのよ。⑱活動《かつどう》へつれていってくださいましね。」

下田《しもだ》の港は、伊豆相模《いずさがみ》の温泉場《おんせんば》なぞを流してあるく旅芸人《たびげいにん》が、旅の空での故郷《こきょう》としてなつかしがるような空気の⑲ただよった町なのである。

五

芸人《げいにん》たちはそれぞれに、天城《あまぎ》をこえたときとおなじ荷物《にもつ》を持った。おふくろの腕《うで》の輪《わ》に小犬が前足をのせて旅なれた顔をしていた。湯《ゆ》が野《の》をではずれると、また山にはいった。海の上の

「啊！月亮。——明天是下田眞高興。做嬰兒的四十九日，請媽媽買梳子給我。而且還有好多事哦！請你帶我去看電影呀！」

下田的港口，是瀰漫著能使那些到伊豆相模的溫泉地來巡迴藝人，在異地興起異鄉之情的空氣的城鎮。

五

藝人們各自帶著和越過天城山時一樣的行李。在母親環抱的手腕上，小狗的前脚放在上面，呈現著慣於旅行的表情，走出了湯野，又進入山區，海上的朝日溫暖着山腰，

朝日《あさひ》が山の腹《はら》をぬくめていた。わたしたちは朝日のほうをながめた。河《かわ》津《つ》川《がわ》のゆく手に河津の浜《はま》が明るくひらけていた。

「あれが大島《おおしま》なんですね。」

「あんなに大きく見えるんですもの、いらっしゃいましね。」と踊り子がいった。

秋空《あきぞら》が晴れすぎたためか、日にちかい海は春のように(80)かすんでいた。ここから下田《しもだ》まで五里歩くのだった。しばらくのあいだ海が見えかくれしていた。千代子《ちよこ》はのんびりと歌をうたいだした。

とちゅうですこし(81)けわしいが二十町ばかり近い山ごえの(82)間道《かんどう》をいくか、楽《らく》な本街道《ほんかいどう》をいくかといわれたときに、わたしはもちろん近道

我們朝着朝陽的方向眺望。在河津川的前方，明亮地呈現著河津的沙灘。

「那就是大島啦！」

「看起來是那麼的大，歡迎你來玩。」舞孃說。

是否由於秋天的天空過於晴朗，靠近太陽的海面上像春天一般地朦朧。從這裏到下田要走五里路，有一段時間，海是忽隱忽現的，千代子悠然地唱起歌來。

在途中他們問我，是要走稍微陡峭，但近二公里左右的捷徑呢？還是走平坦的大路呢？我當然選擇了近路。

をえらんだ。

落《お》ち葉《ば》ですべりそうな胸《むね》先《さき》あがりの木の下道だった。息《いき》が苦しいものだから、かえって(83)やけ半分にわたしは膝頭《ひざがしら》をてのひらで突きのばすようにして足を早めた。見る見るうちに一行《こう》はおくれてしまって、話し声だけが木のなかからきこえるようになった。踊《おど》り子《こ》がひとりすそを高くかかげて、とっとっとわたしについてくるのだった。一間《けん》ほどうしろを歩いて、その間隔《かんかく》をちぢめようとものばそうともしなかった。

わたしがふりかえって話しかけると、おどろいたようにほほえみながら立ちどまって返事《へんじ》をする。踊り子が話しかけたときに、追《お》いつかせるつもりで待っていると、かのじょはやはり足

那是條因落葉而好像很滑的山路陡的林蔭山路。雖然喘不過氣來，但我反而一半是自暴自棄地用手掌伸開膝蓋似的加快脚步。眼看著那一行人落後了，只有談話聲從樹木間傳過來。舞孃獨自拉高裙襬很快的隨後跟來。在六公左右的後面走著，保持距離，既不縮短，也不延長這距離。

我回頭和她講話，她好像吃驚似地微笑停步回答。我打算等候說話時讓舞孃趕上來，但是她也停住脚步，我不走她也不走。路轉個彎，變得更加險峻，從那附近開始更加

をとめてしまって、わたしが歩きだすまで歩かない。道が折《お》れまがっていっそうけわしくなるあたりからますます足をいそがせると、踊り子はあいかわらず一間《けん》うしろを一心《しん》にのぼってくる。山は静かだった。ほかの者たちはずっとおくれて話し声もきこえなくなっていた。

「東京のどこに家があります。」

「いいや、学校の寄宿舎《きしゅくしゃ》にいるんです。」

「わたしも東京は知ってます、お花見《はなみ》じぶんにおどりにいって。小さいときでなんにもおぼえていません。」

それからまた踊り子は、

「おとうさんありますか。」とか、

「甲府《こうふ》へいったことありますか。」とか、(84)

速脚步，但舞孃仍然在六尺的後面，一心一意地爬上來。山很靜，其餘的人們落後甚多，連談話聲也聽不到。

「東京的什麼地方有家？」

「不！我住在學校的宿舍。」

「我也知道東京，在賞花季節的時候去跳舞，因爲是小的時候，什麼都記不得了。」

然後舞孃又問：

「令尊還在嗎？」

「你去過甲府嗎？」斷斷續續地問了。

ぽつりぽつりいろんなことをきいた。下田《しもだ》へつけば活動《かつどう》を見ることや、死んだあかんぼうのことなぞを話した。

山の頂上《ちょうじょう》へでた。踊《おど》り子《こ》は枯《か》れ草《くさ》のなかの(85)腰《こし》かけに太鼓《たいこ》をおろすとハンカチで汗《あせ》をふいた。そして自分の足のほこりを払《はら》おうとしたが、ふとわたしの足もとに(86)しゃがんで、はかまの(87)すそを払ってくれた。わたしがきゅうに身《み》をひいたものだから、踊《おど》り子《と》はこつんと膝《ひざ》を落とした。かがんだままわたしの身のまわりをはたいてまわってから、かかげていたすそをおろして、大きい息をして立っているわたしに、

「おかけなさいまし。」といった。

腰かけのすぐ横へ小鳥の群《む》れがわたってきた。

又說如果到了下田要去看電影，以及夭折的嬰兒之事等等。

到了山頂，舞孃把大鼓放在枯草的凳子上，用手帕擦汗。而想要彈掉脚上的灰塵時，忽然蹲到我的脚前，把我褲裙擺的灰塵彈掉，因我急忙後退，使得舞孃的膝蓋跪在地上，她就跪著的把我身上的灰彈掉。放下他提起的褲裙擺，對著站著喘氣的我。

「請坐。」這樣地說了。

発子的旁邊，一群小鳥飛來，靜得連小

鳥がとまる枝の枯《か》れ葉がかさかさなるほど静か
だった。
「どうしてあんなに早くお歩きになりますの。」
踊り子は暑《あつ》そうだった。わたしが指《ゆび》でべんべ
んと太鼓《たいこ》をたたくと小鳥がとびたった。
「ああ水が飲《の》みたい。」
「見てきましょうね。」
しかし、踊り子はまもなく(88)黄ばんだ雑木《ぞうき》の
あいだからむなしく帰ってきた。
「大島《おおしま》にいるときはなにをしているんです。」
すると踊り子はとうとつに女の名まえを二つ
三つあげて、わたしに見当《けんとう》のつかない話をはじ
めた。大島ではなくて甲府《こうふ》の話らしかった。尋《じん》
常《じょう》二年までかよった小学校の友だちのことらし

鳥停在樹枝上的枯葉所發出之沙沙聲都聽得
見。
「你爲什麼走得那樣快呢？」
舞孃好像很熱的樣子，我用手指頭砰砰
地彈著大鼓，小鳥飛走了。
「啊！想喝水！」
「我去找找看。」
但是，不久舞孃從枯黃的雜木間空著手
回來。
「你在大島的時候做什麼？」
於是舞孃突然說出二、三個女人的名字
，開始說我搞不清的話。好像不是大島而是
甲府的事情的樣子。好像是她唸到小學二年
級的小學朋友的事。想起那些事而說的。

かった。それを思いだすままに話すのだった。
十分ほど待つと若い三人が頂上《ちょうじょう》にたどりついた。おふくろはそれからまた十分おくれてついた。

くだりはわたしと栄吉《えいきち》とがわざとおくれてゆっくり話しながら出発した。二町ばかり歩くと、下から踊り子が走ってきた。

「この下に泉《いずみ》があるんです。大いそぎでいらしてくださいって、飲まずに待っているから。」

水ときいてわたしは走った。木《こ》かげの岩のあいだから清水《しみず》がわいていた。泉《いずみ》のぐるりに女たちが立っていた。

「さあおさきにお飲みなさいまし。手をいれるとにごるし、女のあとはきたないだろうと思

等了十幾分鐘左右，年輕的三個人走到了山頂。母親晚了十分鐘才到達。

在下山時，我和榮吉故意落後，一邊慢慢說話，一邊出發走了約二百公尺，舞孃從下面跑上來。

「這下面有泉水，請趕快來，我們沒有喝，在等著你。」

聽到了水，我就跑了。從樹蔭下的石縫中湧出清水。女子們站在泉水的四週。

「來！請先喝吧！我想手放進去會混濁，又女人用過的水不乾淨。」母親說了。

って。」とおふくろがいった。

わたしは冷《つめ》たい(89)水を手にすくって飲んだ。女たちは容易《ようい》にそこをはなれなかった。手ぬぐいをしぼって汗《あせ》をおとしたりした。

その山をおりて下田街道《しもだかいどう》にでると、炭焼《すみや》きの煙《けむり》がいくつも見えた。路傍《ろぼう》の材木《ざいもく》に腰をおろして休んだ。踊り子は道にしゃがみながら、桃色《ももいろ》の櫛《くし》で犬のむく毛をすいてやっていた。

「歯《は》が折れるじゃないか。」とおふくろがたしなめた。

「いいの。下田《しもだ》で新しいのを買うもの。」

湯《ゆ》が野《の》にいるときからわたしは、この前髪《まえがみ》にさした櫛《くし》をもらっていくつもりだったので、犬の毛をすくのはいけないと思った。


我用手捧着涼水喝。女人們久久不離開那裏，擰著布巾擦汗。


下了山來到下田街道時，看得到好幾處燒炭的煙。我們坐在路旁的木材上休息。舞孃邊蹲在路上，邊用桃色的梳子在梳狗的長毛。

「不是會弄斷梳子嗎？」母親警告着。

「沒有關係的，到下田買新的。」

自從在湯野時，我就打算要她這把插在前髮的梳子，所以我想不能用來梳狗毛。

道のむこう側《がわ》にたくさんある篠竹《しのだけ》の束《たば》を見て、杖《つえ》にちょうどいいなぞと話しながら、わたしと栄吉《えいきち》とは⑨一足さきに立った。踊り子が走って追っかけてきた。自分の背《せ》より長い太《ふと》い竹を持っていた。

「どうするんだ。」と栄吉《えいきち》がきくと、ちょっと㉑まごつきながらわたしに竹をつきつけた。

「杖《つえ》にあげます。いちばん太いのを抜《ぬ》いてきた。」

「だめだよ。太いのは盗《ぬす》んだとすぐにわかって、見られると悪いじゃないか。かえしてこい。」

踊《おど》り子《こ》は竹束《たけたば》のところまでひきかえすと、また走ってきた。こんどは中指《なかゆび》くらいの太《ふと》さの竹をわたしにくれた。そして、田の畦《あぜ》にせなかを

路的那一邊，有許多成捆的矮竹，我們邊說做拐杖剛好等等。我和榮吉先走了一步。舞孃跑著追過來。拿著比自己身高還高的粗竹子。

「幹什麼？」榮吉這樣的一問。她有點不知如何是好，強把竹子交給我。

「給你做拐杖，我抽出最粗的。」

「不可以的，粗的人家馬上就知道是偸的。被看到了不是不好意思嗎？放回去。」

舞孃返回竹捆的地方，又跑來，這次把一根中指粗的竹子給我，然後就像是脊背緊貼着田梗倒了下來，好像很難受似的。喘著

(92)打ちつけるようにたおれかかって、苦《くる》しそうな息をしながら女たちを待っていた。

わたしと栄吉《えいきち》とはたえず五、六間《けん》さきを歩いていた。

「それは、抜《ぬ》いて金歯《きんば》をいれさえすればなんでもないわ。」と踊り子の声がふとわたしの耳にはいったのでふりかえってみると、踊り子は千代子《ちよこ》とならんで歩き、おふくろと百合子《ゆりこ》とがそれにすこしおくれていた。わたしのふりかえったのを気づかないらしく千代子がいった。

「それはそう。そうしらしてあげたらどう。」

わたしのうわさらしい。千代子《ちよこ》がわたしの歯《は》ならびの悪いことをいったので、踊《おど》り子《こ》が金歯《きんば》を持ちだしたのだろう。顔の話らしいが、それ

氣等待着女人們。

我和榮吉不停地走在十公尺前面。

「只要拔掉換上金牙就沒什麼了。」因爲舞孃的話傳入我的耳裏。所以我回頭一看，舞孃和千代子並走著，母親和百合子稍落後，千代子好像沒有注意到我回頭看，說：

「對，就這樣告訴他怎樣？」

好像在說我。大概是千代子說我的牙齒參差不齊，所以舞孃才提出鑲金牙的吧！好像是談到容貌的樣子，但是我卻不感到難爲

が苦《く》にもならないし、きき耳《みみ》をたてる気にもならないほどに、わたしは親《した》しい気持ちになっているのだった。しばらく低い声がつづいてから踊り子のいうのがきこえた。

「いい人ね。」

「それはそう、いい人らしい。」

「ほんとにいい人ね。いい人はいいね。」

この物いいは単純《たんじゅん》であけっぱなしなひびきを持っていた。感情《かんじょう》の傾《かたむ》きをぽいと幼《おさな》く投げだしてみせた声だった。わたし自身《じしん》にも自分をいい人だとすなおに感じることができた。晴《は》ればれと目をあげて明るい山やまをながめた。まぶたの裏《うら》がかすかに痛《いた》んだ。二十才のわたしは自分の性質《せいしつ》が孤児根性《こじこんじょう》でゆがんでいると厳《きび》しい反省《はんせい》

情，也不想豎耳傾聽，我們之間已是如此親近了。繼續了一會兒低低的談話聲之後，我聽見舞孃說：

「人不錯！」

「是的，好像不錯！」

「眞的是好人，好人眞好啊！」

這種語氣單純而含著直率，是把感情的傾向，不在乎地投出去的聲音，我自己也能感覺到自己是好人。我心情愉快地擡頭，眺望著明亮的山巒，眼瞼噙滿了淚水，因而微微作痛，二十歲的我，一再嚴厲反省，自己的性格因孤兒的根性而乖僻。我是因爲忍受不了這份令人窒息的憂鬱，才到伊豆來旅行

をかさね、その(93)息苦《いきぐる》しい憂鬱《ゆううつ》にたえきれないで伊豆《いず》の旅にでてきているのだった。だから、世間尋常《せけんじんじょう》の意味《いみ》で自分がいい人に見えることは、いいようなくありがたいのだった。山やまの明るいのは下田《しもだ》の海が近づいたからだった。わたしはさっきの竹の杖《つえ》をふりまわしながら秋草《あきくさ》の頭をきった。

とちゅう、ところどころの村の入り口に立《た》て札《ふだ》があった。

――物乞《ものこ》い旅芸人《たびげいにん》村に入《い》るべからず。

六

甲州屋《こうしゅうや》という木賃宿《きちんやど》は下田《しもだ》の北口《きたぐち》をはいるとすぐだった。わたしは芸人《げいにん》たちのあとから屋根《やね》

的，所以，是眞情實感的自然表露。把我看成好人是一件値得慶幸的事。群山的明亮是由於靠近下田的海了。我揮動著剛才那枝竹子，打斷秋草的尖梢。

路上，村子的入口處，處處豎立著牌子。

――乞丐和巡迴藝人不得入村。

六

叫做甲州屋的小客棧，是在一進入下田北口的地方。我隨藝人之後來到了像頂樓般

裏《うら》のような二階《かい》へとおった。天井《てんじょう》がなく、街道《かいどう》にむかった窓ぎわにすわると、屋根裏《やねうら》が頭につかえるのだった。

「肩《かた》はいたくないかい。」と、おふくろは踊り子にいくどもだめを押《お》していた。

「手はいたくないかい。」

踊《おど》り子《こ》は太鼓《たいこ》を打つときの美しい手まねをしてみせた。

「いたくない。打てるね、打てるね。」

「まあよかったね。」

わたしは太鼓《たいこ》をさげてみた。

「おや、重《おも》いんだな。」

「それはあなたの思っているより重いわ。あなたのカバンより重いわ。」と踊り子が笑った。


的二樓，沒有天花板，一坐在面向街道的窗邊，頭都會碰到頂樓。

「肩膀不痛嗎？」媽媽再三地叮囑問舞孃：

「手不痛嗎？」

舞孃模仿著打鼓時美麗的手勢。

「不痛，能打啊！能打啊！」

「哦！太好了。」

我提起鼓來試試看。

「呀！相當重嘛！」

「當然比你想的重啦！比你的書包還重啦！」舞孃笑著說。

芸人《げいにん》たちはおなじ宿《やど》の人びととにぎやかにあいさつをかわしていた。やはり芸人《げいにん》や(94)香具師《やし》のような連中《れんちゅう》ばかりだった。下田《しもだ》の港はこんな渡《わた》り鳥《どり》の巣《す》であるらしかった。踊《おど》り子《こ》はちょこちょこへやへはいってきた宿の子どもに銅貨《どうか》をやっていた。わたしが甲州屋《こうしゅうや》をでようとすると、踊り子が玄関《げんかん》に先《さき》まわりしていてげたをそろえてくれながら、

「活動《かつどう》につれていってくださいね。」とまたひとりごとのようにつぶやいた。

無頼漢《ぶらいかん》のような男にとちゅうまで道を案内《あんない》してもらって、わたしと栄吉《えいきち》とは前町長《ぜんちょうちょう》が主人だという宿屋《やどや》へいった。湯にはいって、栄吉《えいきち》といっしょに新しいさかなの昼飯《ひるめし》をくった。

藝人們和同客棧裏的人們很熱鬧地打招呼。他們也是藝人或江湖的伙伴。下田港埠就像是這種侯島者的巢窩。舞孃把銅幣分給蹦蹦地走進房間的小孩子，當我要走出甲州屋時，舞孃先繞到玄關，邊把我的木屐擺正，邊自言自語似的嘟噥的說：

「請帶我去看電影吧！」

請了一個無賴漢似的男人帶路帶到中途之後，我和榮吉進入一間據說是前任鎮長當老板的旅館。洗完澡，和榮吉一起去吃鮮魚午飯。

「これであすの法事《ほうじ》に花でも買ってそなえてください。」

そういってわずかばかりの包《つつ》み金を栄吉《えいきち》に持たせて帰した。わたしはあすの朝の船で東京に帰らなければならないのだった。旅費《りょひ》がもうなくなっているのだ。学校のつごうがあるといったので芸人《げいにん》たちも強《し》いてとめることはできなかった。

昼飯から三時間とたたないうちに夕飯をすませて、わたしはひとり下田の北へ橋をわたった。下田富士《しもだふじ》によじのぼって港をながめた。帰りに甲州屋《こうしゅうや》へよってみると、芸人《げいにん》たちは鳥鍋《とりなべ》で飯《めし》をくっているところだった。

「一口でも召《め》しあがってくださいませんか。

「明天的法事，請用這個買些花或什麼的上供。」

這樣說著我把僅一點點的小包錢讓榮吉帶回去。我必須要搭明天早上的船回東京，旅費已經花光了，因爲我以學校有事爲理由，藝人們就不會強挽留我了。

午飯後不到三個鐘頭，就吃完了晚飯，我一個人住下田北邊。渡過橋攀登下田富士眺望著港口。歸途順利到甲州屋看一看，正好藝人們正在吃著鷄肉火鍋。

「吃一口好不好呢？雖然女人動過筷子

女が箸《はし》をいれてきたないけれども、笑い話の種《たね》になりますよ。」と、おふくろは行李《こうり》から茶《ちゃ》わんと箸《はし》をだして、百合子《ゆりこ》に洗ってこさせた。

あしたがあかんぼうの四十九日だから、せめてもう一日だけ出立《しゅったつ》をのばしてくれと、またしてもみながいったが、わたしは学校をたてにとって承知《しょうち》しなかった。おふくろはくりかえしいった。

「それじゃ冬休《ふゆやす》みにはみなで船まで迎《むか》えにいきますよ。日をしらせてくださいましね。お待ちしておりますよ、宿屋《やどや》へなんぞいらしちゃいやですよ、船まで迎えにいきますよ。」

へやに千代子《ちよこ》と百合子《ゆりこ》しかいなくなったとき活動にさそうと、千代子は腹《はら》をおさえてみせて、

不乾淨，但可做笑話的話題哦！」這樣地母親從行李中拿出碗筷，叫百合子去洗了。

明天是嬰兒死後的四十九天，至少再延一天出發吧！大家又這樣勸我，但我以學校爲理由拒絕了，母親反覆地說：

「那麼寒假，我們大家會到船邊去迎接你！請通知我們日期。我們期待著。不要到旅館去啊！我們到船邊接你。」

房間裏只剩下千代子和百合子時，我邀他們去看電影，千代子按著腹部給我看。

「からだが悪いんですもの、あんなに歩くと弱《よわ》ってしまって。」と青い顔でぐったりしていた。

百合子《ゆりこ》はかたくなってうつむいてしまった。踊《おど》り子《こ》は階下《かいか》で宿《やど》の子どもと遊んでいた。わたしを見るとおふくろにすがりついて活動にいかせてくれとせがんでいたが、顔をうしなったようにぼんやりわたしのところにもどってげたをなおしてくれた。

「なんだって。ひとりでつれていってもらったらいいじゃないか。」と栄吉《えいきち》が話しこんだけれども、おふくろが承知《しょうち》しないらしかった。なぜひとりではいけないのか、わたしは実《じつ》にふしぎだった。玄関《げんかん》をでようとすると踊り子は犬の

「身體不好，走了那麼多的路，覺得乏力。」蒼白的臉色顯示著精疲力盡的樣子。

百合子緊張得低下頭。舞孃在樓下和旅館的小孩子們玩著，一看到我就纏著母親，央求讓她去看電影。但終於很沮喪地回到我這兒，爲我擺好木屐。

「什麼？讓她一個人和他去不好嗎？」榮吉只顧說著，但是媽媽似乎不答應。爲什麼一個人就不可以？我實在想不通。走出了玄關。舞孃正在撫摸著小狗的頭。她那樣子冷淡得使我不敢向她打招呼。好像連擡頭看

頭をなでていた。わたしがことばをかけかねたほどに(95)よそよそしいふうだった。顔をあげてわたしを見る気力《きりょく》もなさそうだった。

　わたしはひとりで活動《かつどう》にいった。女弁士《おんなべんし》が豆ランプで説明《せつめい》を読んでいた。すぐにでて宿《やど》へ帰った。窓《まど》しきいにひじをついて、いつまでも夜の町をながめていた。暗い町だった。遠くからたえずかすかに太鼓《たいこ》の音がきこえてくるような気がした。わけもなく(96)涙《なみだ》がぽたぽた落ちた。

七

出立《しゅったつ》の朝、七時に飯《めし》をくっていると、栄吉《えいきち》が道からわたしをよんだ。黒紋《くろもん》付《つ》きの羽織《はおり》をきこんでいる。わたしを送るための礼装《れいそう》らしい。女

我的力氣也沒有。

　我一個人去看電影，有女解說員在小燈下唸著說明劇情。我馬上離開回到旅館，手肘擱在窗沿，始終眺望著夜晚的街道，那是黑暗的街道。覺得好像遠遠地不斷傳來大鼓的聲音。我無緣無故的眼淚簌簌地往下掉。

七

出發的早上，七點鐘我在吃飯時，榮吉從路上叫我。他穿著黑紋的短外褂。好像是爲了替我送行而穿的禮服。沒有看到女人們的

たちのすがたが見えない。わたしは㊼すばやく寂《さび》しさを感じた。栄吉《えいきち》がへやへあがってきていった。

「みんなもお送りしたいのですが、昨夜《さくや》おそく寝て起きられないので失礼《しつれい》させていただきました。冬はお待ちしているからぜひと申しております。」

町は秋の朝風《あさかぜ》が冷《つめ》たかった。栄吉《えいきち》はとちゅうで敷島《しきしま》四箱と柿《かき》と㊽カオールという口中清涼剤《こうちゅうせいりょうざい》とを買ってくれた。

「妹の名が薫《かおる》ですから。」とかすかに笑いながらいった。

「船のなかでみかんはよくありませんが、柿《かき》は船酔《ふなよ》いにいいくらいですから食べられます。」

影子。我很快感到了寂寞。榮吉上來說：

「大家都想來送你，但是昨晚睡得很晚，起不來眞抱歉，她們期待著你冬天的來臨，一定要來。」

街上秋天的晨風凜冽。榮吉在中途買了四包敷島牌香烟、柿子，及叫做口味兒的清涼劑送給我。

「因爲妹妹的名字是薰。」他邊微笑邊說：

「在船上橘子不太好，但柿子對暈船有幫助所以可以吃。」

「これをあげましょうか。」

わたしは鳥打《とりう》ち帽《ぼう》をぬいで栄吉《えいきち》の頭にかぶせてやった。そしてカバンのなかから学校の制帽《せいぼう》をだしてしわをのばしながら、ふたりで笑った。

乗船場《じょうせんば》に近づくと、海ぎわにうずくまっている踊《おど》り子《こ》のすがたが、わたしの胸にとびこんだ。そばにいくまでかのじょはじっとしていた。だまって頭をさげた。昨夜《さくや》のままの化粧《けしょう》がわたしをいっそう感情的《かんじょうてき》にした。まなじりの紅《べに》がおこっているかのような顔に幼《おさな》いりりしさをあたえていた。栄吉《えいきち》がいった。

「ほかの者もくるのか。」

踊《おど》り子《こ》は頭をふった。

「みんなまだ寝《ね》ているのか。」


「這個給你吧！」

我脫下鴨舌帽，戴在榮吉的頭上。然後從書包拿出校帽，把皺紋拉平，兩人都笑了。

走進碼頭時，蹲在海邊舞孃的影子，闖入了我的心裏。到她身邊之前，她一動也不動地。默默地低下頭。照著昨夜化粧的樣子，使我更加容易動感情。在那眼角的胭脂，好像發怒似的臉上，給與不成熟的嚴肅。

「其他的人也來嗎？」

舞孃搖著頭。

「大家還在睡嗎？」

踊り子はうなずいた。

栄吉《えいきち》が船の切符《きっぷ》と⑲はしけ券《けん》とを買いにいったあいだに、わたしはいろいろ話しかけてみたが、踊り子は掘《ほ》り割《わ》りが海にはいるところをじっと見おろしたまま⑳一言《ひとこと》もいわなかった。わたしのことばが終わらない先に、なんどとなくこくりこくりうなずいて見せるだけだった。

そこへ、

「おばあさん、この人がいいや。」と、㉑土方《どかた》ふうの男がわたしに近づいてきた。

「学生《がくせい》さん、東京へいきなさるだね。あんたを㉒見こんでたのむだがね、このばあさんを東京へつれてってくんねえか。かわいそうなばあさんだ。せがれが蓮台寺《れんだいじ》の銀山《ぎんざん》に働《はたら》いていたん

舞孃點點頭。

榮吉去買船票和舢板票時，我試著向她說東說西，但舞孃一動也不動地俯視著水溝入海的地方，一句話也沒說。在我的話還沒話完之前，只有一次又一次地點頭而已。

這時
「老奶奶！這個人好吧！」有個工人模樣的男人靠近我。

「學生，你到東京去吧！我信賴你，想拜託你。請你把這位老婆婆帶到東京去，可憐的老婆婆，他的兒子在蓮台寺的銀山工作，這次的什麼流行性感冒死了，兒子和媳婦

だがね、こんどの流行性感冒《りゅうこうせいかんぼう》ってやつでせがれも嫁《よめ》も死んじまったんだ。こんな孫《まご》が三人ものこっちまったんだ。どうにもしようがねえから、わしらが相談して国へ帰してやるところなんだ。国は水戸《みと》だがね、ばあさんなにもわからねえんだから、霊岸島《れいがんじま》へついたら、上野《うえの》の駅へいく電車にのせてやってくんな。めんどうだろうがな、わしらが手をあわしてたのみてえ。まあこのありさまを見てやってくれりゃ、かわいそうだと思いなさるだろう。」

ぽかんと立っているばあさんの背《せ》には、乳飲《ちの》み子《こ》がくくりつけてあった。下が三つ上が五つくらいのふたりの女の子が左右《さゆう》の手につかまっていた。きたないふろしき包みから大きい握《にぎ》り

也都死了。留下這樣的三個孫兒，實在沒有辦法。我們商量之後，正要送她回家鄉，家鄉在水戶，但是老婆婆什麼都不懂，要是到達靈岸島的話，請你讓她搭往上野的電車，雖然麻煩，我們雙掌合十拜託，看到這種情形，你也會覺得可憐吧！」

在茫然站立著老婆婆的背上纏著乳兒，兩個小女孩，緊緊地抓住她的左右手，小的大約三歲，大的約五歲從骯髒的包袱中可以看到大粒的飯團及酸梅。五、六歲礦工在

飯《めし》と梅干《うめぼ》しとが見えていた。五、六人の鉱夫《こうふ》がばあさんをいたわっていた。わたしはばあさんの世話《せわ》をこころよくひきうけた。

「たのみましたぞ。」

「ありがてえ。わしらが水戸《みと》まで送らにゃならねえんだが、そうもできねえでな。」なぞと鉱夫《こうふ》たちはそれぞれわたしにあいさつした。

はしけはひどくゆれた。踊《おど》り子《こ》はやはりくちびるをきっととじたまま一方《いっぽう》を見つめていた。わたしが⑩縄《なわ》ばしごにつかまろうとしてふりかえったとき、さよならをいおうとしたが、それもよして、もう一ぺんただうなずいて見せた。はしけが帰っていった。栄吉《えいきち》はさっきわたしがやったばかりの鳥打《とりう》ち帽《ぼう》をしきりにふっていた。

安慰老婆婆。我愉快地接受照顧老婆婆。

「拜託你了。」

「謝謝！我們必須把老婆婆送到水戸去的。但是又不能。」這樣地礦工們說著，各自向我致意。

舢板猛烈地搖晃著，舞孃仍然閉著嘴唇，注視著固定的一方。當我要抓住繩梯，而回頭看時，想說再見，但也作罷。只再一次地點頭給她看。舢板回去了，榮吉再三地揮動著剛才我送他的鴨舌帽。船遠遠離開之後，舞孃才開始揮動著白色的東西。

ずっと遠ざかってから踊《おど》り子が白いものをふりはじめた。

汽船《きせん》が下田《しもだ》の海をでて伊豆半島《いずはんとう》の南端《なんたん》がうしろに消《き》えていくまで、わたしは欄干《らんかん》にもたれて沖《おき》の大島《おおしま》を一心にながめていた。踊り子に別《わか》れたのは遠い昔であるような気持ちだった。ばあさんはどうしたかと船室《せんしつ》をのぞいてみると、もう人びとが車座《くるまざ》に取りかこんで、いろいろと慰《なぐさ》めているらしかった。わたしは安心して、その隣《となり》の船室《せんしつ》にはいった。

相模灘《さがみなだ》は波が高かった。すわっていると、ときどき左右《さゆう》にたおれた。船員《せんいん》が小さい金《かな》だらいをくばってまわった。わたしはカバンを枕《まくら》にして横たわった。頭がからっぽで時間というもの

輪船離開下田的海面，伊豆半島的南端在後面逐漸消失之前。我倚靠在欄干，一心一意地眺望著海上的大島，竟覺得和舞孃分別，好像是很久很久以前的事。我探視船艙，看看老婆婆怎麼樣？好像有很多人圍著和安慰著。我放心的進入隔壁的船艙。

相模灣的海浪很大，坐著時有時會倒向左右，船員分配著小小的金屬臉盆。我以書包當枕頭躺了下來。腦子裏空空的。感覺不到時間的存在。眼淚簌簌的流到書包上。

を感じなかった。涙がぼろぼろカバンに流れた。ほおが冷《つめ》たいのでカバンを裏返《うらがえ》しにしたほどだった。わたしの横に少年が寝《ね》ていた。河津《かわつ》の工《こう》場主《じょうしゅ》のむすこで入学準備《にゅうがくじゅんび》に東京へいくのだったから、一高《いっこう》の制帽《せいぼう》をかぶっているわたしに好意《こうい》を感じたらしかった。すこし話してからかれはいった。

「なにかご不幸《ふこう》でもおありになったのですか。」

「いいえ、いま人に別れてきたんです。」

わたしは非常にすなおにいった。泣いているのを見られても平気だった。わたしはなにも考えていなかった。ただすがすがしい満足《まんぞく》のなかに静かにねむっているようだった。

海はいつのまに暮《く》れたのかも知らずにいたが、

因爲臉頰冰冰的所以把書包翻過面來。我的旁邊睡著一個少年。他是河津工廠老板的兒子。因爲要到東京準備應考。所以對於戴著第一高校校帽的我，似乎有了好感。談了一會兒之後他說：

「是不是遭遇了什麼不幸嗎？」

「不！剛和人離別。」

我非常誠實的說。卽使被人看到流淚亦不在乎，我什麼也沒想。只是好像是在爽快的滿足中靜靜的沈睡著。

我不知道海是什麼時候日暮的。但是在

網代《あじろ》や熱海《あたみ》には灯《ひ》があった。はだが寒く腹《はら》がすいた。少年が竹の皮《かわ》包《づつ》みをひらいてくれた。わたしはそれが人の物であることを忘れたかのようにのり巻《ま》きのすしなぞをくった。そして少年の学生マントのなかにもぐりこんだ。わたしはどんなにしんせつにされても、それをたいへんしぜんに受けいれられるような美しい空虚《くうきょ》な気持ちだった。あすの朝早くばあさんを上野駅《うえのえき》へつれていって水戸《みと》まで切符《きっぷ》を買ってやるのも、しごくあたりまえのことだと思っていた。⑭なにもかもが一つにとけあって感《かん》じられた。

船室《せんしつ》のランプが消えてしまった。船に積《つ》んだ生魚《せいぎょ》と潮《しお》のにおいが強くなった。⑮まっ暗《くら》ななかで少年の体温《たいおん》に⑯あたたまりながら、わたし

網代和熱海有了燈光。肌膚寒冷肚子飢餓。少年打開竹葉包給我。我好像忘了那是別人的東西似的，吃著海菜卷的壽司等。然後鑽入少年的學生斗蓬中，不管人們如何地親切善待，我都能夠很自然地接受美麗空虛的心情。我想起明天一大早，把老奶奶帶到上野車站，給她買到水戶的車票。也是理所當然的事。一切的一切，都覺得融洽爲一了。

船艙的燈熄了。堆在船上的生魚和海水味變濃了。在漆黑中，我一邊靠少年的體溫，溫暖著身體，一邊讓眼淚盡情地流著。我

は涙をでまかせにしていた。頭がすんだ水になってしまっていて、それがぽろぽろこぼれ、そのあとにはなにものこらないような甘《あま》いこころよさだった。

（偕成社）

有著甜美的感覺，好像腦子裏變成清澈的水，滾滾地溢出來，之後什麼也不剩了。

【註釋】

1. つづらおり：羊腸小道。曲折的彎路。
2. 雨あし：雨勢。
3. すさまじい：可怕的。驚人的。厲害的。猛烈的。
4. 高げた：高木屐。
5. ときめかす：（由於興奮、緊張等）心撲通撲通地跳。
6. 折れまがる：折彎。彎曲。
7. たどりつく：好不容易走到。摸索找到。掙扎走到。
8. 裏がえし：翻過來。
9. 腰をおろす：坐下。
10. 息ぎれ：氣喘。
11. ま近：臨近。接近。
12. たもと：和服的袖子。
13. 髪をゆう：梳髮。

14. はんてん：短外褂。
15. おちあう：碰頭。相會。
16. かわかす：弄乾。
17. ちゅうちょ：躊躇。
18. あぐらをかく：盤腿坐。
19. ものうげ：無精打采。厭倦。
20. 棒立ちになる：木立不動。呆立。
21. わずらう：患病。
22. とりよせる：函索。郵購。
23. 古ぼける：變陳舊。破舊。
24. うつむく：俯伏。低頭。臉朝下。
25. ゆずぶる：搖動。搖晃。震撼。
26. はなはだしい：非常。
27. あおりたてる：吹動。煽動。
28. 立ちより：順便到。中途落脚。
29. よろよろ：蹒跚。東倒西歪。
30. あんばい：程度。情形。
31. ぽつぽつ：漸漸。一點一點。
32. 思いきって：毅然決然。斷然。一狠心。下決心。
33. 旅は道連れ、世は情け：旅行要有伴，處世要互助。
34. たいくつしのぎ：消遣。解悶兒。
35. はにかみ：腼腆。羞怯。
36. あっけにとられる：嚇得目瞪口呆。
37. 色気づく：情竇初開。春情發動。
38. 眉をひそめる：皺眉。
39. だめを押す：叮問。問明白。

40.この節：如今。近來。
41.尋常：普通。
42.雨戸：木板套窗。
43.陽気：熱鬧。
44.金切り声：極尖銳的聲音。刺耳的尖聲。
45.あらあらしい：粗野的。粗暴的。
46.なにげない：若無其事的。無意的。
47.共同湯：（公營或私營的）澡堂。營業澡堂。
48.ぼんやり：模糊。不清楚。
49.とうとう：終於。
50.碁を打つ：下圍棋。
51.夢中：着迷。不顧一切。
52.五目ならべ：五子棋。
53.頭がさえざえ：頭腦清醒。
54.鳥打ち帽：鴨舌帽。
55.足もと：脚下。身旁。
56.槍が降っても：無論發生什麼事情。哪怕下刀子。
57.のばす：延期。
58.跡目：繼承人。後繼人。
59.女房：太太。
60.ためらう：猶豫。躊躇。
61.肩を流す：搓背。
62.勝ち継ぎ：淘汰賽。
63.造作ない：容易的。毫不費事的。
64.力いっぱい：竭盡全力。
65.われを忘れる：忘我。出神。發呆。
66.八百屋：萬事通。

67.はたして：果然。
68.するする：漸漸地。
69.しんけん：一本正經。認眞。
70.二重まぶた：雙眼皮。
71.手をつく：兩手扶地。表請求或感謝。
72.声がわり：變聲調。
73.握りこぶし：拳頭。
74.透きとおる：透明。清澈。
75.しみこむ：滲入。
76.世知がらい：生活艱苦。
77.むっつり：沉默寡言。悶聲不響。
78.活動：活動写真的簡寫。意思是電影。
79.ただよう：洋溢著。
80.かすむ：朦朦朧朧。
81.けわしい：陡峭險峻。
82.間道：捷徑。近道。
83.やけ半分：一半自暴自棄。
84.ぽつりぽつり：斷斷續續地。
85.腰かけ：凳子。
86.しゃがむ：蹲。
87.すそ：下擺。
88.黄ばんだ：枯黃。
89.水を手にすくって飲む：用水捧著清水喝。
90.一足さき：先走了一步。
91.まごつく：張惶失措。着慌。
92.打ちつける：碰上。撞上。
93.息苦しい：喘不過氣來。呼吸困難。
94.香具師：江湖藝人。走江湖的。

95.よそよそしい：疏遠。冷淡。見外。
96.涙がぼたぼた落ちる：眼涙簌簌地往下掉。
97.すばやい：痲俐。敏捷。
98.カオール：口味兒。
99.はしけ：舢板。駁船。
100.一言：一言。一句話。

101.土方：土木工程的工人。
102.見こむ：相信。信頼。盯上。
103.縄ばしご：繩梯。軟梯。
104.なにもかも：一切。完全。
105.まっ暗：漆黑。烏黑。
106.あたたまる：暖和。取暖。

川端康成

明治三十二年（一八九九）～昭和四十七年（一九七二）。小說家。生於大阪府。大正六年（一九一七）考入東京第一高等學校英文組，大正九年（一九二〇）畢業，同時考入東京帝國大學文學部英文科。大正十一年（一九二二）轉入日本文學科，大正十三年（一九二四）畢業。昭和五年（一九三〇）擔任文化學院講師。

川端康成在大正九年（一九二〇）在新思潮派著名作家菊池寬的贊助下，同今東光等人籌辦了第六次復刋的「新思潮」雜誌，在第二期上發表了短篇小說『招魂祭一景』，受到菊池寬的賞識和文壇的注目，開始創作生涯。先後曾獲得藝術院獎、野間獎、菊池獎、法國的藝術文化勳章、西德的歌德胸章，一九六八年獲諾貝爾文學獎。

川端康成幼時失怙，十六歲時祖父又去逝，孤苦伶丁渡過青春少年時期。二十年代曾和橫光利一等發起新感覺派運動，主張「藝術至上」，「追求新的感覺和新的生活及對事物新的表現方法」。後來又加入了「新興藝術派」和「新心理主義」文學運動。他的作風是在纖細的感覺中具有日本古典的敍情性格，使近代一些知性的讀者產生一種哀寂的感覺。

主要的作品有：

（十六歲日記）（大正十四年發表）（伊豆の踊子）（大正十五年發表）（浅草紅団）（昭和四～十年發表）（禽獸）（昭和八年發表）（雪国）（昭和十～二十二年發表）（千羽鶴）・（山の音）（昭和二十四年發表）（古都）（昭和三十六年發表）

川端康成《かわばたやすなり》――ノーベル賞受賞決定《しょうじゅしょうけってい》の日、自宅《じたく》にて

木《き》の根《ね》

和辻哲郎《わつじてつろう》

一

松《まつ》の木《き》に囲《かこ》まれた家《いえ》の中《なか》に住《す》んでいても、松《まつ》の木《き》の根《ね》が①地中《ちちゅう》でどうなっているかはあまり考《かんが》えてみたことがなかった。美《うつく》しい赤褐色《せきかっしょく》の幹《みき》や、②わりに色《いろ》の浅《あさ》い清《きよ》らかな緑《みどり》の葉《は》が、長《なが》い③なじみである松《まつ》の木《き》の全体《ぜんたい》であるような気持《きもち》がしていた。雨《あめ》が降《ふ》ると幹《みき》の色《いろ》は④しっとりとおちついた、潤《うるお》いのあるあざやかさを見《み》せる。緑《みどり》の葉《は》は涙《なみだ》にぬれたような⑤しおらしい色《いろ》つやを増《ま》してくる。雨《あめ》のあとで太陽《たいよう》が輝《かがや》きだすと、早朝《そうちょう》のような⑥さわやかな気分《きぶん》が、木《き》の色《いろ》や光《ひかり》

樹根

和辻哲郎

一

雖然是住在被松樹所包圍著的房子裏，松樹的根在地下是什麼樣子？我也沒有試想過。我覺得美好的紅褐色的樹幹及顏色比較淡的潔淨的綠葉，好像就是我多年來熟識的松樹的整體。一下雨，樹幹的顏色就顯示出沉着穩重，使人看到了潤澤清新的樣子。綠色的葉子則如同淚水浸濕了一般，更增添了可愛的色澤。雨後，太陽一出來，就像清晨一般爽朗的氣氛，飄溢在樹色和陽光裏，的確使人感覺到在這裏有一種暢快的，生命的歡

の内《うち》に⑦漂《ただよ》うて、いかにも朗《ほが》らかな生《せい》の喜《よろこ》びがそこに踊《おど》っているように感《かん》ぜられる。⑨おりふしかわいい小鳥《ことり》の群《む》れが生《い》き生《い》きした声《こえ》で⑩さえずりかわして、緑《みどり》の葉《は》の間《あいだ》を楽《たの》しそうに行《ゆ》き来《き》する。――それが私《わたし》の親《した》しい松《まつ》の木《き》であった。

しかるにある時《とき》、私《わたし》は松《まつ》の木《き》の生《お》い育《そだ》った小《こ》高《だか》い砂山《すなやま》を⑪くずしている所《ところ》に⑫たゝずんで、砂《すな》の中《なか》に食《く》い込《こ》んだ複雑《ふくざつ》な根《ね》を⑬見守《みまも》ることができた。地上《ちじょう》と地下《ちか》の姿《すがた》がなんとひどく相違《そうい》していることだろう。一本《いっぽん》の幹《みき》と、⑭簡素《かんそ》に並《なら》んだ枝《えだ》と、楽《たの》しそうに葉先《はさき》をそろえた針葉《しんよう》と、――それに比《くら》べて、地下《ちか》の根《ね》は、戦《たたか》い、⑯もがき、苦《くる》しみ、精《せい》いっぱいの努力《どりょく》を尽《つく》したように、枝《えだ》から枝《えだ》と分《わ》かれて、乱《みだ》れた女《おんな》の髪《かみ》のごとく、地《ち》

樂在跳躍著。時常有一群可愛的小鳥用那美好的聲音相互鳴叫，在綠葉間愉快地飛來飛去――這就是我親近的松樹。

不過有一次，我佇立於松樹長大而被挖開了的小砂丘上，能夠仔細觀察深入砂裏縱橫交錯的樹根。地上和地下的姿態是多麼的不同啊！一根樹幹和簡單排列的樹枝，以及快樂地齊聚在葉尖的針葉――與此相比，地下的樹根，好像在戰鬥、掙扎、痛苦，在盡著一切努力似的，從枝條分出另一個枝條，有如蓬亂的女人頭髮，用它那比地上的枝幹總數還多的無數的粗根和細根一齊緊緊地

上《じょう》の枝幹《しかん》の総量《そうりょう》よりも多《おお》いと思《おも》われる太《ふと》い根《ね》、細《ほそ》い根《ね》の無数《むすう》をもって、⑯いっせいに大地《だいち》に抱《いだ》きついている。私《わたし》はこのような根《ね》が地下《ちか》にあることを知《し》ってはいた。しかしそれを目《め》の前《まえ》に⑰まざまざと見《み》た時《とき》には、⑱思《おも》わず驚異《きょうい》の情《じょう》に打《う》たれぬ⑲わけにはゆかなかった。私《わたし》は長《なが》いなじみの間《あいだ》に、このような地下《ちか》の苦《くる》しみが不断《ふだん》に彼《かれ》らにあることを、一度《いちど》も自分《じぶん》の心臓《しんぞう》に感《かん》じたことがなかったのである。彼《かれ》の苦《くる》しみの声《こえ》を聞《き》いたのは、⑳時《とき》おりに吹《ふ》く烈風《れっぷう》の際《さい》であった。彼《かれ》の苦《くる》しそうな顔《かお》を見《み》たのは、湿《しめ》りのない炎熱《えんねつ》の日《ひ》が一月《ひとつき》以上《いじょう》も続《つづ》いたあとであった。しかしその叫《さけ》び声《こえ》やしおれた顔《かお》も、その機会《きかい》さえ過《す》ぎれば、すぐにもとの快活《かいかつ》に帰《かえ》って、苦《くる》しみのあと

抱住大地。我知道地下有這樣的樹根。可是當我清清楚楚地看到它在眼前的時候，不由自主的感到驚訝！我在長期相識的時間裏，在自己的心裏一次也沒有感覺到它們會不斷地經歷著這樣的地下的痛苦。我聽到它的痛苦的聲音是在偶而刮起強烈大風的時候，看到它痛苦的神情是在沒有濕氣炎熱的日子延續了一個多月之後。可是，那叫聲、憔悴的臉孔，只要過了那段時間，就立刻恢復了原來的快活。很少留下痛苦的痕跡。況且，它們一天也沒有放鬆過我們所看不見的地下的生長活動。那美麗的樹幹、樹葉，以及被五月的風吹得紛飛的綠色花粉，實際上，只有在這種辛勞下才可能有的。

を㉑めったにあとへ残《のこ》さない。しかも彼《かれ》らは、われわれの目《め》に秘《ひ》められた地下《ちか》の営《いとな》みを、一日《いちにち》も怠《おこた》ったことがないのであった。あの美《うつく》しい幹《みき》も葉《は》も、五月《ごがつ》の風《かぜ》に吹《ふ》かれて飛《と》ぶ緑《みどり》の花粉《かふん》も、実《じつ》はこのような苦労《くろう》の上《うえ》にのみ可能《かのう》なのであった。

この時《とき》以来《いらい》、私《わたし》は松《まつ》の木《き》ならず、㉒あらゆる植物《しょくぶつ》に心《こころ》から親《した》しみを感《かん》ずるようになった。彼《かれ》らはわれわれとともに生《い》きているのである。それはだれでも知《し》っていることだが、私《わたし》には新《あたら》しい事実《じじつ》としか思《おも》えなかった。

二

私《わたし》は高野山《こうやさん》へ登《のぼ》った。そして不動坂《ふどうざか》にさしか

從這時起，我不僅對於松樹，對於所有的植物由衷地感到親切了。它們和我們共同生存著，那是誰都知道的，可是對我來說却認爲是新的事實。

二

我登上高野山，而來到不動坡的時候，

かった時《とき》、㉓数《かず》知《し》れず㉔立《た》ち並《なら》んでいるあの太《ふと》い㉕ひのきから、なんともいえぬ荘厳《そうごん》な心持《こころもち》を押《お》しつけられた。なるほどこれは霊山《れいざん》だと思《おも》わずにはいられなかった。

それは㉖外郭《がいかく》に連《つら》なる山々《やまやま》によって平野《へいや》から切《き》り離《はな》された、急峻《きゅうしゅん》な山《やま》の斜面《しゃめん》である。幾世紀《いくせいき》を経《へ》てきたかわからない老樹《ろうじゅ》たちは、㉗金剛不《こんごうふ》壊《え》という言葉《ことば》に似《に》つかわしいほどの㉘どっしりとした、迷《まよ》いのない壮大《そうだい》な力強《ちからづよ》さをもって、天《てん》を目《め》ざして直立《ちょくりつ》している。そうして木々《きぎ》の間《あいだ》に漂《ただよ》うている生々《せいせい》の気《き》は、㉙ひたひたと人間《にんげん》の膚《はだ》にも迫《せま》って来《く》る。私《わたし》は底力《そこぢから》のある興奮《こうふん》を心《こころ》の奥《おく》底《そこ》に感《かん》じはじめた。

私《わたし》の目《め》はすぐに老樹《ろうじゅ》の根《ね》に向《む》かった。地下《ちか》の

無數並排著的粗大的檜樹，迫使我產生一種無法形容的莊嚴感。不由得想起，眞不愧是座靈山啊！

那是由外圍連綿的群山，隔絕了平原陡峭的山坡。不知經歷了幾個世紀的這些老樹，正如金剛不壞這個語詞所形容的那樣，以莊重、威嚴，沒有眩迷的强大的力量，伸向天空巍然屹立著。漂蕩在林木之間的蓬勃之氣，咄咄逼到人的體膚，我內心深處開始感到强烈的興奮。

我的眼睛立刻轉向了老樹的根。地下的

激《はげ》しい営《いとな》みはすでに地上一尺《ちじょういっしゃく》の所《ところ》に明《あき》らかに現《あら》われている。土《つち》の層《そう》の深《ふか》くないらしいこの山《やま》に育《そだ》って、あの㉚亭々《ていてい》たる巨幹《きょかん》を㉛さゝえるために、太《ふと》い強靭《きょうじん》な根《ね》は力限《ちからかぎ》り四方《しほう》へ広《ひろ》がって、地《ち》下《か》の岩《いわ》にしっかりと抱《だ》きついているらしい。あの巨大《きょだい》な樹身《じゅしん》㉜にふさわしい根《ね》は、いったいどんなであろう。ことに相隣《あいとな》りあった木《き》の根《ね》と㉝入《い》りまじって薄《うす》い地《ち》の層《そう》の間《あいだ》に複雑《ふくざつ》にからみあっているありさまは、想像《そうぞう》するだけでわれわれに驚異《きょうい》の情《じょう》を起《お》こさせる。

確《たし》かに山《やま》は激《はげ》しい生《せい》の力《ちから》の営《いとな》みによって、㉞残《のこ》る所《ところ》なく包《つつ》まれているのである。われわれはそれを肉眼《にくがん》によって見《み》ることはできなかったが、しかし一種《いっしゅ》の霊気《れいき》として感《かん》ずることはできた。

激烈的生命活動，已經明顯地表露在地面一尺之地方。生長在土層似乎不深遠的這座山上，爲了支撐那巍然聳立的巨幹，看來那些粗壯、強韌的樹根是盡力地向四周延伸，好像是牢牢地抱住地下的岩石的樣子。與那巨大樹身相稱的根，究竟是什麼樣呢？特別是和相鄰的樹根糾纏在一起，在薄薄的土層間縱橫交錯的樣子，只要想像一下就使我們產生驚異之感。

的確，山被激烈的生命活動完全包圍著。我們雖然無法用肉眼看到，但是，感到有一種靈氣了。這種隱藏著的努力的威嚴，甚至帶著神祕的影子，使我們不能不產生崇敬

隠《かく》れたる努力《どりょく》の威圧《いあつ》が、㉟神秘《しんぴ》の影《かげ》をさえ帯《お》びて、われに敬虔《けいけん》の情《じょう》を起《お》こさせずにはいられなかったのである。

私《わたし》は老樹《ろうじゅ》の前《まえ》に根《ね》の浅《あさ》い自分《じぶん》を恥《は》じた。そうして地下《ちか》の営《いとな》みに㊱没頭《ぼっとう》することを自分《じぶん》に誓《ちか》った。今気《いまき》づいてもまだおそくない。

三

成長《せいちょう》を㊲欲《ほっ》するものはまず根《ね》を確《たし》かに㊳おろさなくてはならぬ。上《うえ》に伸《の》びることをのみ欲《ほっ》するな。まず下《した》に㊴食《く》い入《い》ることに努《つと》めよ。

四

早年《そうねん》にして成長《せいちょう》のとまる人《ひと》がある。根《ね》を㊵お

的心情。

我在老樹的前面，對於根底淺薄的自己感到羞愧。而，自己發誓，要埋頭於地下的生命活動，如今自覺，還不算晚。

三

要想成長，非先確實地扎根不可。不要只顧往上長，首先要努力於向下扎根。

四

有的人在早年就不長進了，這是因爲他

ろそかにしたからである。四十《よんじゅう》に近《ちか》づいて急《きゅう》に美《うつく》しい花《はな》を開《ひら》き、豊《ゆた》かな果実《かじつ》を結《むす》ぶ人《ひと》がある。下《した》に食《く》い入《い》ることに没頭《ぼっとう》していたからである。

私《わたし》の知人《ちじん》にも㊶理解《りかい》のいい頭《あたま》と、㊷感激《かんげき》の強《つよ》い心臓《しんぞう》と、㊸よくたつ筆《ふで》とを持《も》ちながら、まるで㊹労作《ろうさく》を発表《はっぴょう》しようとしない人《ひと》がある。彼《かれ》は今《いま》生《い》きることの苦《くる》しさに圧倒《あっとう》せられて、自分《じぶん》のようなものは生《い》きる値《ね》うちもないとさえ思《おも》っている。しかし、それは彼《かれ》の根《ね》が一《ひと》つの地殻《ちかく》に㊺突《つ》き当《あ》たって、それを突破《とっぱ》する努力《どりょく》に悩《なや》んでいるからである。やがてその突破《とっぱ》が実現《じつげん》せられた時《とき》に、どのような飛躍《ひやく》が彼《かれ》の上《うえ》に起《お》こるか。——私《わたし》は彼《かれ》の前途《ぜんと》を信《しん》じている。根《ね》の確《たし》かな人《ひと》から貧弱《ひんじゃく》な果実《かじつ》が生《う》まれるはずはない。

忽視了根。有的人將近四十歲忽然開了美麗的花，結了豐碩的果實。這是因爲他埋頭於往扎根。

我的熟人，有人具有理解力強的頭腦，容易感動的心靈和才華洋溢的文筆，但是完全不想發表作品。他被目前生活的困苦所壓倒，甚至認爲，像他自己那樣的人沒有生存的價值，可是，這是因爲他的根碰到了一層地殼，爲了要努力突破它而苦惱。不久，當他實現了這個突破時，對他將會產生什麼樣的飛黃騰達呢？——我相信他的前途。沒有從根基確實的人，產生瘦小果實的道理。

五

㊻古来《こらい》の偉人《いじん》には雄大《ゆうだい》な根《ね》の営《いとな》みがあった。

㊼それゆえに彼《かれ》らの仕事《しごと》は、㊽味《あじ》わえば味《あじ》わうほど深《ふか》い味《あじ》を示《しめ》してくる。

現代《げんだい》には、たとい根《ね》に対《たい》する㊾注意《ちゅうい》が欠《か》けていないにしても、㊿ともすればそれが小《ちい》さい51植木鉢《うえきばち》のなかの仕事《しごと》に堕《だ》していはしないか。いかにすれば珍《めずら》しい変種《へんしゅ》ができるだろうかとか、52いかにすれば予定《よてい》の時日《じじつ》の間《あいだ》に53注文通《ちゅうもんどお》りの果実《かじつ》を結《むす》ぶだろうかとか、すべてがあまりに人《じん》工的《こうてき》である。

54天《てん》を突《つ》こうとするような大《おお》きな願望《がんぼう》は、いじけた根《ね》からは生《う》まれるはずがない。

偉大《いだい》なものに対《たい》する崇敬《すうけい》は、また偉大《いだい》なる根《ね》

五

自古以來的偉人，都有雄偉的札根活動，所以，他們的事業，有越玩味越深遠的滋味。

現代，即使不乏對對於根的注意，然而不是也往往陷於花盆裏的事業。怎麼做才能有珍奇的變種？怎麼做才能在預定的時間裏，結出預期的果實，一切，太過於人爲了。

聳入雲霄的願望，不會從發育不良的根產生的。

對於偉大的東西的崇敬，也就是對於偉

に対《たい》する崇敬《すうけい》であることを考《かんが》えてみなければならぬ。

六

根《ね》のためには、できるならば、地《ち》の質《しつ》を選《えら》ばなくてはならぬ。

果実《かじつ》のためには、できるならば、根《ね》をつちかう肥料《ひりょう》を選《えら》ばなくてはならぬ。

根《ね》に対《たい》する情熱《じょうねつ》を鼓吹《こすい》し、その根《ね》の本能的《ほんのうてき》に好《この》むところの土壌《どじょう》のありかを教《おし》え、そうして、幾千年来《いくせんねんらい》堆積《たいせき》している滋養分《じようぶん》をその根《ね》に供給《きょうきゅう》してやるのが教育《きょういく》の任務《にんむ》である。

七

大的根的崇敬之事，是應該想一想的。

六

爲了扎根，要是可能的話，必須要選擇地質。

爲了果實，要是可能的話，必須要選擇培養根的肥料。

教育的任務是要鼓吹對於根的熱情，教以根在本能上所喜歡的土壤的所在。而對於根供給以幾千年來堆積的滋養分。

七

教養《きょうよう》は培養《ばいよう》である。それが有効《ゆうこう》であるためには、まず生活《せいかつ》の大地《だいち》に食《く》い入《い》ろうとする根《ね》がなくてはならぬ。

教育就是培養。為了要使教育有效。首先必需要有札入生活大地的根。

人々《ひとびと》はあまりに根《ね》の本能《ほんのう》を忘《わす》れていはしないか。いかに尊《たっと》い肥料《ひりょう》が加《くわ》えられても、それを吸《きゅう》収《しゅう》する力《ちから》のない所《ところ》では何《なん》の㊺役《やく》にも立《た》たない。私《わたし》は教養《きょうよう》の機会《きかい》と材料《ざいりょう》とがわれわれの前《まえ》に乏《とぼ》しいとは思《おも》わない。たゞそれに相当《そうとう》する根《ね》が小《ちい》さいのを恐《おそ》れる。

人們是不是太過於忘掉根的本能？無論怎麼加進貴重的肥料，在沒有吸收能力的地方，也是不起任何作用的。我不認為在我們面前缺乏教養的機會和材料。只害怕與此相對應的根太小了。

㊻なんじの根《ね》に注意《ちゅうい》を集《あつ》めよ。

把注意力集中在你的根上吧！

【註釋】

1. 地中：地中。地下。
2. わりに：比較。
3. なじみ：熟識。熟人。
4. しっとり：沉着。穩靜。潮濕。

5. しおらしい：溫柔的。可愛的。看起來很老實的。
6. さわやか：爽快。清爽。鮮明。
7. 漂う：漂蕩。洋溢。
8. いかにも：的的確確。實在。
9. おりふし：偶而。有時。時常。
10. さえずりかわして：相互鳴叫。
11. くずす：使分崩離拆。使（外形完整的東西）零亂。
12. たたずむ：佇立。
13. 見守る：定睛注視。
14. 簡素：簡單樸素。簡樸。
15. もがく：折騰。扭動。拚命掙扎。
16. いっせい：一齊。
17. まざまざ：歷然。清清楚楚。巧妙。
18. 思わず：不由得。
19. ……わけにはゆかない：不能。不應該。
20. 時おり：有時。偶而。
21. めったに……ない：不輕意。很少。
22. あらゆる：所有。一切。
23. 数知れず：數不清的。無數的。
24. 立ち並ぶ：站排。排列。
25. ひのき：檜樹。
26. 外郭：外廓。外圍。
27. 金剛不壊：金剛不壞。堅硬無比。
28. どっしり：沉重。穩重。莊重。
29. ひたひた：逼近貌。
30. 亭亭：亭亭（聳立）。

31.ささえる：支持。支撐。
32.……にふさわしい：與……相稱的。合適的。
33.入りまじる：糾纏在一起。混雜。
34.残る所なく：沒有剩餘的地方＝整個。全部。
35.神祕の影をさえ帯びて：甚至帶有神祕的影子。
36.沒頭：埋頭。專心一致。
37.欲する：希望。想要。
38.おろす：下（根）。扎（根）。
39.くいいる：深入。吃入。
40.おろそか：忽視。疏忽。草率。
41.理解のいい：理解力好的。
42.感激の強い：感受性強烈。善感。
43.よくたつふで：生花的妙筆。
44.労作：作品。
45.突き当たる：遇到。碰上。撞。碰。
46.古来：自古以來。
47.それゆえに：所以。
48.味わえば味わうほど：越玩味越……。
49.注意が欠けていないにしても：即使不欠缺注意。
50.ともすれば：一來就……。往往。動不動。動輒。
51.植木鉢：花盆。
52.いかにすれば：如何做。
53.注文通り：按照指定那樣。
54.天を突く：沖天。戳破天。
55.役に立つ：有用處。有益處。
56.なんじ：你。＝おまえ。

和辻哲郎

明治二十二年（一八八九）～昭和三十五年（一九六〇）。哲學家、倫理家、文化史家、散文家。生於兵庫縣。明治四十五年（一九一二）東京帝國大學哲學系畢業。昭和二年（一九二七）到德國留學。大正十四年（一九二五）曾任京都帝國大學助教授。昭和九年任東京帝國大學教授等。

和辻哲郎在學中成爲第二次思潮同人，將劇本、小說投稿於「新思潮」和「スバル」等雜誌。出入於漱石門下，起初專心於「尼采」、「奇兒科加德」的研究，後來更進一步的研究「佛教美術」。

在京都帝國大學任教期間，擔任雜誌「思潮」的編者之一。將大正初期至昭和初期的「理想主義」思潮，從側面加以援助。對於哲學的傳入日本有很大的貢獻。

主要的作品有：

（ゼエレン・キュルケゴオル）（大正四年刋行）（古寺巡礼）（大正八年刋行）（日本古代文化）（大正九年刋行）（人間の学としての倫理学）（昭和九年刋行）（風土）（昭和十年刋行）（鎖国）（昭和二十五年刋行，獲讀賣文學獎）（埋もれた日本）（昭和二十六年刋行）

作者簡介

林 榮 一

中國文化大學東語系日文組畢業
日本東洋大學文學碩士
曾任：輔仁大學東語系兼任講師、副教授
　　　東吳大學日文系兼任講師、副教授
著作：杜子春（中日對照）
　　　新時代日本語Ⅰ
　　　日語助詞詳解校閱
　　　日語常用諺語、成語、流行手册
　　　日本近代文學選Ⅰ（中日對照）
　　　日本近代文學選Ⅱ（中日對照）

定價：150元

編註者：林　榮　一
發行所：鴻儒堂出版社
發行人：黃　成　業
地　　址：台北市中正區100開封街一段19號
電　　話：三一二〇五六九、三七一二七七四
郵政劃撥：〇一五五三〇〇～一號
電話傳眞機：〇二～三六一二三三四
印刷者：楨文彩色平版印刷公司
電　　話：三〇五四一〇四
法律顧問：蕭　雄　淋　律　師
行政院新聞局登記證局版台業字第壹貳玖貳號
初版中華民國七十二年二月
本版中華民國八十四年十月